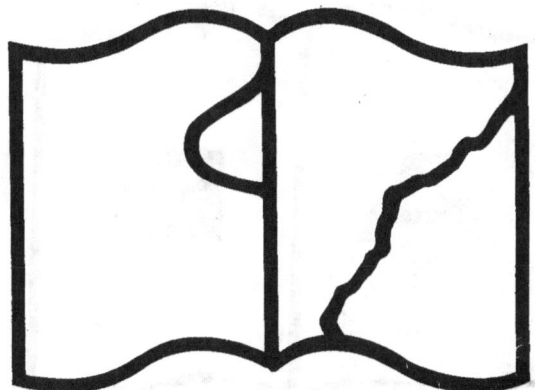

Texte détérioré — reliure défectueuse

NF Z 43-120-11

Contraste insuffisant

NF Z 43-120-14

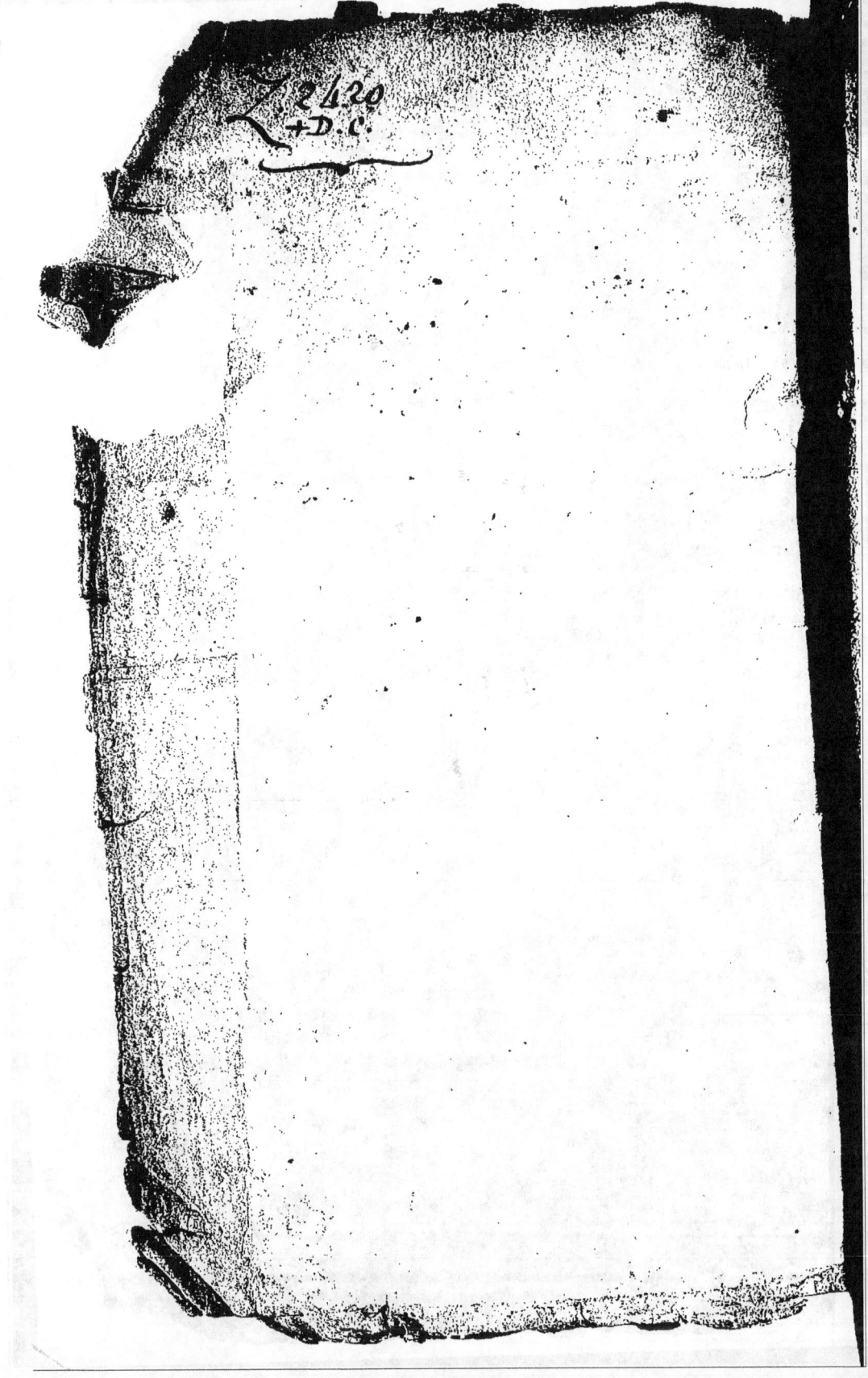

LE DOCTEUR SWIFT.

Né à Dublin en 1667 mort en 1745.

Nous avons et nous aurons
des Citoyens égaux à lui en
vertu, mais personne en gloire.

Fiquet sculp.

LETTRES

HISTORIQUES

ET

PHILOLOGIQUES

DU COMTE

D'ORRERI,

SUR

LA VIE ET LES OUVRAGES

DE SWIFT.

Traduites de l'anglais par Lacombe.

Pour servir de supplément au Spectateur
Moderne de Steele.

Hæc sunt quæ nostrâ liceat te voce monere,
Vade, age, ... , Virg.

A LONDRES,
Et se trouve à Paris,
Chez LAMBERT, Libraire, rue & à côté de
la Comedie Françaife, au Parnaffe.

M. DCC. LIII.

A

MONSEIGNEUR
LE MARÉCHAL
DE BELLEISLE,
DUC DE GISORS,

Comte de la Ferriere , Vicomte d'Auvillars ,
Baron de Lefignan , Seigneur de Puylaurens
& autres lieux , Pair de France , Général
des Armées du Roi , Prince du Saint Empire Romain , Chevalier des Ordres de
Sa Majefté & de la Toifon d'Or , Gouverneur des Ville & Citadelle de Mets &
du Pays Meffin , Commandant en chef dans
les trois Evêchés , frontiere de Champagne
& du Pays de Luxembourg , Lieutenant-
Général des Duchés de Lorraine & de Bar ,
& l'un des quarante de l'Académie Françaife.

MONSEIGNEUR,

*Si le livre que je préfente
à* VOTRE GRANDEUR *,*

étoit, ou un excellent traité de Tactique, ou de bons Mémoires d'État ; la voix publique, en déférant au grand Capitaine, & au profond Négociateur, l'offrande d'un pareil Ouvrage auroit déja prévenu mon choix. Mais l'assemblage des qualités dont se forment les Cyneas, & les Scipions, loin d'exclurre le goût des Lettres lui donne encore un nouveau prix. J'use donc, MONSEIGNEUR, du droit acquis à tous les Écrivains sur les

noms illuſtres pour décorer
mon Livre du Vôtre. C'eſt le
premier eſſai de ma plume,
& ce ſera le premier gage de
la protection dont vous voulez bien m'honorer.

Je ſuis avec un très-
profond reſpect,

MONSEIGNEUR,

DE VOTRE GRANDEUR,

Le très-humble, & très-
obéiſſant Serviteur,

Dalacombe

AVERTISSEMENT.

LES Œuvres du Docteur Swift, ou du moins ce qu'on a traduit en France a été si bien reçu du Public, que tout ce qui peut contribuer à les mettre dans un nouveau jour ne peut qu'en augmenter le prix. Les Lettres dont on donne ici la traduction, font connoître tout à la fois & le génie de l'Auteur & celui de ses Ouvrages. Elles sont du Comte d'Orreri, qui étoit l'admirateur de Swift & le dépositaire de ses plus secretes pensées. Son but, en

AVERTISSEMENT.

écrivant ces Lettres, n'a pas été seulement de développer le caractere & les talens du Docteur; mais encore de former l'esprit & le cœur d'un fils qui lui étoit cher: la franchise & la verité, soit dans le recit des faits, soit dans les portraits qu'il trace, sont comme le corps de ses écrits, & les réflexions en sont l'ame. Il ne les épargne point, parce qu'il a beaucoup moins en vue de travailler à la gloire de son ami, que d'instruire & de précautionner un jeune homme contre l'abus qu'on peut faire des talens. Ces Lettres, où il regne de l'agrément, de l'érudition & de la variété, ont eu en Angleterre un si grand succès, qu'en les natu-

ralisant en notre langue, on a cru faire un vrai plaisir aux amateurs de la Littérature Angloise.

LETTRES

LETTRES
DU COMTE
D'ORRERI.

LETTRE PREMIERE.

A Monsieur Hamilton Boyle à Oxford.

MON CHER HAMILTON,

Je ne saurais assez vous exprimer combien j'ai été sensible à l'attention que vous avez eu de m'écrire. Vos Lettres me font

A

toujours un nouveau plaisir, &
en les lisant je joins la tendresse
d'un pere à l'affection d'un ami.
Elles me rappellent ces momens
délicieux qui accompagnent une
vie studieuse dans le séjour agréable des Muses, d'où vous les avez
écrites. Environné des meilleurs
Auteurs & libre de converser
avec eux, il vous sera facile d'or-
ner votre esprit, & d'apprendre
à penser juste. J'aurai le bonheur
de vous voir vous former de jour
en jour pour la société, & vous
rendre capable d'exercer vos talens avec distinction à l'avantage
de votre patrie, en posant les
fondemens d'une solide réputation.

Pour ce qui me regarde, des
obstacles imprévus, l'état em-
brouillé de mes affaires, une fanté faible, & nombre d'autres in-
cidens fâcheux ont tous contri-

bué à me rendre, même dès ma
jeuneſſe, peut-être un peu trop
ami de la retraite. L'âge & le
tems loin de m'en faire perdre le
goût, n'ont ſervi qu'à le forti-
fier. Mais je n'ai pas laiſſé languir mon eſprit dans une molle
oiſiveté ; & ſi j'ai conſacré aux
vivans quelques momens de mon
loiſir, j'en ai donné la plus grande
partie aux morts. J'ai trouvé même avec eux plus de ſatisfaction
réelle que je n'aurais dû m'en promettre, ſi la gloire & la fortune
avaient été l'objet de mon ambition.

Je ſuis charmé que vous ap-
prouviez mes obſervations ſur les
Lettres de Pline. J'ai eu en vue
dans cet ouvrage d'indiquer à
Mylord Boile votre frere les plus
beaux endroits de cet excellent
Ecrivain ; mais je ne vivrais pas
tranquille ſi je ne vous donnais

A ij

auſſi quelques marques de ma tendreſſe paternelle.

J'ai examiné depuis peu les
Ouvrages du célébre Swift (1),
dans l'intention de raſſembler des
matériaux pour notre correſpondance future. Je vous adreſſerai
les critiques qu'on a faites & qui
ſont tombées dans mes mains,
j'y joindrai des anecdotes ſur ſa
vie & ſur ſon caractère ; ſi elles
ne ſervent pas beaucoup à votre
inſtruction, elles pourront au
moins vous amuſer.

Je vais vous donner d'abord
une legere idée des mœurs de ce
grand homme.

Il était dans un âge avancé lorſque je fis connaiſſance avec lui :

___

(1) Afin de ne pas fatiguer le Lecteur,
par de fréquentes répétitions du nom de
Swift, on l'appelle ſouvent le Doyen, ou le
Docteur, titres qu'il réuniſſait effective-
ment.

bientôt il m'honora de son amitié , & j'ai sçu mettre à profit jusqu'à ses défauts. Après avoir étudié son humeur & ses inclinations, j'ai fait réflexion sur les faiblesses ausquelles il était sujet. Sa capacité , la force & l'étendue de son génie le mettaient à portée de tout entreprendre : sa vanité , son orgueil & son ambition étaient sans bornes ; mais les contretems fâcheux qu'il essuia dans sa jeunesse lui furent si sensibles , que le chagrin qu'il en conçut influa depuis sur toutes ses actions.

Aigre & severe , sans être absolument d'un mauvais naturel, sociable avec ses amis particuliers , mais ne se livrant à eux qu'à certaines heures. Il connaissait mieux la politesse, qu'il ne la pratiquait ; sa vie est un mêlange d'avarice & de générosité.

A iij

La premiere de ces qualités ne dominait que trop en lui ; & la seconde paraissait rarement , à moins qu'il n'y fût excité par la compassion. Il ne pouvait ni ne voulait sentir la différence qu'il y a entre la louange du lâche flatteur & celle de l'homme de mérite. Son habileté le mit au-dessus de l'envie , & sa franchise le fit estimer. Je crois qu'il embrassa l'Etat Ecclésiastique moins par un goût déterminé, que par des intérêts secrets & réels ; quoi qu'il en soit , il remplit les devoirs de son état avec exactitude ; il faisait ses exhortations plutôt en stile familier & à la portée de tout le monde, que d'une façon étudiée & agréable. Accusé plu-sieurs fois d'irreligion , il démen-tait dans sa conversation & par sa conduite ces injustes reproches. Il est vrai que ses entretiens roulaient fouvent fur la politique, pour laquelle il femblait être fait. Son but était d'être placé en Angleterre & d'y joüer un grand rôle ; mais lorfqu' fe vit fruftré de fes efpérances , il prit un parti tout oppofé & devint zélé défenfeur de l'Irlande fa patrie. Il eft à propos de vous obferver que plufieurs de fes amis le croiaient Anglais, & plufieurs autres que je ne fçaurais appeller fes amis ni fes ennemis , le fuppofaient fils naturel du Chevalier Temple. Ces deux articles font également faux, il nâquit à Dublin le 30 decembre 1667. Bientôt après fa naiffance, il fut amené en Angleterre par fa nourrice, qui, obligée de traverfer la mer & aiant une tendreffe maternelle pour l'enfant qu'elle élevait, l'emporta dans le vaiffeau à l'infçu de fa famille , & le garda pendant trois ans à

Whitehaven dans le Duché de Cumberland. Cet événement extraordinaire fit croire à son arrivée en Irlande qu'il y avait été seulement tranſplanté. Dans les momens de mauvaiſe humeur, indigné de l'ingratitude de l'Irlande, il diſait ſouvent : *Je ne ſuis pas de ce vil pays, je ſuis né Anglais.* Cette déclaration, qui n'était qu'une façon de parler, fut ſouvent priſe à la lettre; & Pope contribua encore à accréditer la mépriſe, comme on peut le voir par une de ſes Lettres (1). Mais le Docteur Swift ne prétendit jamais déſavouer ſa patrie; au contraire il en parlait fréquemment, & déſignait juſqu'à la maiſon où il était né. A l'égard de ceux qui prétendent que ſa naiſſance était illégitime,

_____

(1) Lettre de Pope au Docteur Swift, du 23 mars 1736.

je crois qu'ils font très-mal inf-
truits.

Le Chevalier Temple fut employé aux affaires du dehors du
Royaume en qualité de Miniftre,
depuis l'année 1665 jufqu'en
1680. Il alla d'abord à Bruxelles,
& enfuite il paffa à la Haye,
comme vous verrez par fes Lettres au Comte d'Alington, & à
d'autres Miniftres d'Etat. Ainfi
la mere du Docteur, qui n'était
jamais fortie d'Angleterre que
pour paffer en Irlande, ne put
avoir de liaifons perfonnelles avec
Temple, que quelques années
après la naiffance de fon fils.

Parlons maintenant de la famille de Swift. Il a été le premier
des fiens qui ait porté des armes.
Son grand pere, appellé Thomas
Swift, était Vicaire de Goodridge
près de Rofs, dans le Comté de
Herforshire; il y jouiffait d'un

bien paternel, dont un arriere-petit-fils est encore aujourd'hui en possession.

Thomas Swift mourut en l'année 1668; laissa six enfans, savoir Gedouin, Thomas, Driden, Guillaume, Jonatham & Adam; deux de ceux-là, Gedouin & Jonatham, eurent des enfans. Les descendans du premier furent inscrits dans le blason de Guillin. Le second épousa Abigaïl Erick de Leicestershire, de qui il eut une fille & un fils. La fille nâquit dans les premieres années de leur mariage. Mais le pere mourut avant la naissance de son fils, qui fut appellé comme lui Jonatham; c'est le célébre Doyen de Saint Patrice.

La plus grande partie des biens de Jonatham Swift était en Actions; de sorte que par les pertes qu'il essuia, il ne resta qu'un bien fort médiocre à fa veuve. La tutelle, & l'éducation de fes deux en-fans furent confiées à Gedouin leur oncle; & par tous les foins qu'il prit d'eux, il fut moins leur tuteur que leur pere. Deux ans après la mort de Jonatham, la veuve quitta l'Irlande & fe retira à Leicefter, lieu de fa naiffance.

Les facultés de l'efprit fe dé-veloppent en certains hommes en diverfes manieres & en différens tems. L'enfance du Docteur Swift (1) n'eut rien de diftingué. A l'âge de fix ans on l'envoya au Collége de Kilkeni (2). Huit ans après il entra au Collége de la Trinité à Dublin. Il y vécut avec une grande régularité. Son tem-pérament atrabilaire le rendit

(1) Le Docteur Swift naquit deux mois après la mort de fon pere.

(2) Kilkeni, ville d'Irlande, capitale du Comté de Kilkeni.

A vj.

souvent défagréable à fes compagnons, de forte qu'il fut peu confidéré. Les exercices de l'école
n'amufaient pas fon efprit. Il mé-
prifait fouverainement la Logique
& la Méthaphyfique : il ne jetta
quelques regards fur les Mathématiques & fur la Philofophie naturelle, que pour les tourner en
ridicule. Il s'adonna à l'étude de
l'Hiftoire & de la Poëfie, où il
fit de très-grands progrès. Mais
il avait fi fort négligé toutes les
autres parties des fciences, que,
lorfqu'il fe préfenta pour être reçu
Maître-ès-Arts, il fut renvoyé
comme ne méritant pas d'être décoré de ce titre. S'il obtint dans
la fuite fon entrée dans ce corps,
ce fut par une faveur fpéciale :
fpeciali gratiâ, façon de parler
qui dans l'Univerfité de Dublin
eft un reproche d'incapacité très-
marqué. C'eft une efpéce de tache

qui, malgré la réputation qu'il s'est acquise dans le monde litté-raire, subsistera toujours contre lui dans les registres de l'Univer-sité.

Ce coup dut être bien sensible à un jeune homme né ambitieux; mais Hercule lui-même ne fut point admis parmi les lutteurs qu'à titre de grace, & il n'en sentit pas moins pour cela toute sa force. De pareilles disgraces font tou-jours de vives impressions dans la jeunesse.

Swift, indigné du dur traite-ment qu'il avoit reçu en Irlande, se détermina à continuer ses étu-des à Oxford, où il fut obligé de produire l'attestation de ses gra-des.

Les Membres de l'Université Anglaise, après avoir lu son cer-tificat, conclurent que ces mots, *speciali gratiâ*, signifiaient un honneur accordé au candidat, en récompenfe de fon travail & de fon favoir. Vous penfez bien qu'il n'eut garde de les détromper: il fut reçu fur le champ, & fe fit infcrire à Harthalt, à préfent le Collége de Hartford. Il n'en fortait que rarement pour aller voir fa mere qui était alors à Leicefter, & Temple qui était retiré à Mooreparck. Le jeune Swift demeura dans ce Collége jufqu'à ce qu'il prit fes grades de Maître-ès-Arts, qu'il obtint, je crois, en l'année 1691.

Voilà, mon fils, tout ce que vous aurez aujourd'hui: la fuite de la vie du Docteur fera la matiere de plufieurs Lettres que vous recevrez fucceffivement.

LETTRE II.

QUE je ferais heureux! mon cher Hamilton, fi dans le deffein de ramaffer quelques mémoires fur la vie de Swift, je pouvais me promettre de vous être utile. Dans ma derniere je vous ai marqué le jour de fa naiffance, & celui auquel il prit fes grades à Oxford (1); vous ferez fans doute curieux d'apprendre de quelle maniere il vivait, ou comment il put fuppléer à la modicité de fon revenu, dans un tems où les deux Royaumes & particulierement l'Irlande étaient

(1) Oxford, ville d'Angleterre, capitale du Comté d'Oxford, à feize lieues de Londres. Il y a dans cette ville un Evêché, une Univerfité, 18 Colléges, & une belle Bibliothèque.

dans une grande confufion. Vous
tremblerez pour lui quand vous
faurez qu'au fort de la révolution,
fon oncle Gedouin Swift tomba
dans un delire léthargique , qui
le priva de la parole & de la mémoire , & qui le mit hors d'état
de penfer à fa famille & à fes
amis. Malgré l'état affreux du malade , on fe flattait que la mort
épargnerait un homme qui était
le feul à ne pas la craindre. Le
Chevalier Temple dont la femme
était parente de la mere de Swift,
eut la générofité de fecourir ce
jeune homme & de fournir aux
frais de fon éducation à Oxford.
Les actions généreufes font rarement récompenfées comme elles
le méritent. On foupçonna d'a-
bord que Temple était le véritable pere de Swift, il paraiffait pref-
qu'impoffible qu'il pût être fi libéral envers un jeune homme

qui n'était qu'un parent éloigné de fa femme. Je ne fai fi Swift lui-même n'a pas accrédité cette calomnie : peut-être femblable à Alexandre a-t-il cru que le fils naturel de Jupiter paraîtrait plus grand que le fils légitime de Philippe. Je ne dois pas oublier de vous dire que Guillaume Swift, un de fes oncles, l'affifta à Oxford. J'ai fous les yeux une lettre (1) de Swift, qui, quoique pleine de lacunes, fait voir fa reconnoiffance envers cet oncle, qu'il appelle le meilleur de fes parens.

Au bout de deux années de féjour à Mooreparck, il tomba dangereufement malade pour avoir mangé trop de fruits. Le délire qui troublait fon efprit le

(1) On n'a pas cru devoir traduire une Lettre entierement découfue, & qui eft l'ouvrage d'un écolier.

rendit semblable à ces ftruldbru-
ges, triftes images de la nature
humaine qui n'en ont que la forme extérieure.

Lorfqu'il fut en état de con-
valefcence, il alla en Irlande pour
prendre l'air natal. Ce féjour lui
procura une fi bonne fanté, que
peu de tems après il retourna en
Angleterre, pour laquelle il avait
beaucoup d'inclination. Le Chevalier Temple (1) avait quitté

(1) Temple, dont il eft fait mention dans
ces Lettres, était Chevalier, Baron, & Seigneur de Sheene, petit-fils de Temple, Sécretaire du fameux Comte d'Effex, du tems de
la Reine Elizabeth. Il nâquit vers 1629, &
fit paraître dès fon enfance beaucoup d'inclination & de talens pour les Belles-Lettres
& pour les fciences. Il parut à la cour d'Angleterre avec diftinction, & fut envoyé en
qualité d'Ambaffadeur auprès des Etats Géné-
raux des Provinces-Unies, aux Conférences
d'Aix-la-Chapelle en 1665, & à celles de
Nimegue en 1678; & deux années après il
renonça aux affaires publiques, & fe retira
à la campagne où il mourut en 1699.

Mooreparck, & il s'était établi à Sheene, où il recevait souvent des visites du Roi Guillaume III. Là le Docteur Swift eut des occasions fréquentes de converser avec ce Prince. Le Roi lui offrit une place de Capitaine de Cavalerie, qu'il refusa & qu'il parut dans la suite être fâché de n'avoir pas accepté. Mais alors il s'était déja proposé d'entrer dans l'Eglise : il demeura ferme dans cette résolution ; & s'étant déterminé à retourner en Irlande, il y embrassa l'Etat Eccléfiastique. Le Chevalier Temple le recommanda au Lord Capel, qui lui donna un Bénéfice d'environ 2000. liv. de revenu. Swift se lassa bientôt de cette place ; elle n'était pas assez considérable pour lui : trop éloignée de la capitale, elle le privait de ses sociétés. Il était accoutumé aux compagnies qu'il

fréquentait en Angleterre, & il
conçut une aversion étrange pour
la solitude. Il résigna donc sa prébende à un ami, pour retourner
à Sheene. Il vécut assez uniment
jusqu'à la mort du Chevalier Temple qui lui fit un legs en argent
& le chargea de mettre au jour
ses ouvrages posthumes.

Swift employa tout le tems qu'il
demeura chez le Chevalier Temple, à cultiver une fille de mérite qu'il a célébrée dans ses ouvrages sous le nom de Stella...
Le nom véritable de cette Demoiselle était Jonshon. Elle était
fille de l'Intendant du Chevalier
Temple, & devint la femme de
Swift, quoique leur mariage ait
toujours été caché. Le Chevalier
Temple, pour reconnaître les
services de son domestique, laissa
par testament à sa fille une somme
de 2000. liv. Je ne saurais vous

dire pofitivement combien de tems elle refta en Angleterre, ni combien de voyages elle fit en Irlande après la mort de fon bienfaiteur. Ce qu'il y a de sûr, c'eft qu'elle époufa le Docteur Swift en 1716, & que l'Evêque de Cloger (M. Dashc) en fit la cérémonie.

Stella joignait à tous les avantages d'une figure aimable , un caractère vif & enjoué, avec beaucoup d'intelligence. Sa voix douce & fonore mêlait dans fon langage une harmonie naturelle : polie fans affectation, libre fans familiarité , réfervée fans effort , par-tout où elle allait , elle s'attirait l'attention & l'eftime. Elle était vertueufe, remplie de religion, appliquée à tous fes devoirs, & d'une piété modefte & folide. Elle favait la mufique à fond & s'en amufait fouvent. Elle ne négligeait aucun des agrémens qui remplissent le loisir des personnes de son sexe. Son esprit juste & amusant était pour elle une source de gaieté naturelle , que sa prudence retenait toujours dans d'étroites bornes. Cependant avec toutes ces perfections elle ne put jamais obtenir de son mari la grace d'être reconnue publiquement pour sa femme, malgré les liens du mariage qui les unissait étroitement. Les grands hommes s'écartent pour l'ordinaire de la route commune.

La condition de la Demoiselle ou l'état servile de son pere, était une espéce de tache qui diminuait beaucoup de son prix aux yeux de son époux. Ainsi le Docteur Swift & sa femme continuerent après leur mariage de vivre comme auparavant. Swift se tint à son Doyené , & son épouse dans

une petite maifon de campagne
éloignée de la à Liffy. Il ne parut
rien dans leur conduite qui pût
bleffer les apparences, ni qui fût
au-delà des bornes d'un amour
platonique. Ils s'étaient fait une
regle inviolable de n'être jamais
fans témoin; & il ferait prefque
impoffible de prouver qu'ils s'en
foient jamais écartés. Une conduite fi extraordinaire en elle-
même fit naître des réflexions ha-
fardées & injuftes. On conclut
qu'ils étaient tous deux enfans
naturels du Chevalier Temple.
Swift était bien perfuadé du contraire; car le même orgueil qui
l'empêchait d'avouer pour fa femme la fille d'un domeftique obfcur, l'aurait porté à reconnaître
la fille d'un homme auffi puiffant
que l'était le Chevalier Temple.
Mais il eft des actions dont les
vrais principes ne font jamais

connus, & celle-ci peut-être en
est une. Au reste je vous rapporte
ce fait, comme plusieurs de ses
amis & de ses proches me l'ont
raconté.

Vous pouvez bien vous ima-
giner qu'une femme aussi delicate
que Stella, ne devait pas se plaire
dans une pareille situation. Les
égards qu'on avait pour elle, pouvaient être exigés par une simple maîtresse, comme par une
légitime. Parfaitement vertueuse,
elle était obligée de se soumettre
à toutes les apparences du vice,
aux yeux des personnes qui igno-
raient son état.

L'inutilité de ses plaintes, & la
nécessité de vivre dans une gêne
continuelle, troublerent peu à
peu sa tranquillité naturelle, &
affaiblirent avec le tems son esprit
& ses forces. En 1714 sa santé
déja affaiblie dépérit à vue d'œil.
Enfin

Enfin , contente intérieurement de voir approcher le terme de sa vie , elle mourut vers la fin de 1727, victime d'un sort bisarre qu'elle n'eût jamais éprouvé par toute autre alliance.

Le peu de tems qui me reste m'oblige de finir ma lettre, en vous assurant, mon cher Hamilton, que je suis votre affectionné pere.

LETTRE III.

JE crois comme vous que Stella fut une des plus malheureuses personnes de son sexe ; sa funeste catastrophe aurait excité la compassion dans un cœur moins sensible que le vôtre. Des traitemens durs & injurieux, un amour toujours traversé, & une maladie de langueur la plonge-

B

rent dans une noire mélancolie.
Cependant toutes les fois que
Swift parlait de son épouse, il lui
échappait quelques larmes ; car
telle est la perversité de la nature
humaine : nous pleurons souvent
après leur mort des personnes que
nous avons maltraitées cruelle-
ment pendant leur vie. Mais je
m'amuse ici à vous faire des réflexions, au lieu d'écrire des mémoires touchant la vie de Swift.

Après la mort du Chevalier
Temple, le Docteur revint à Londres & présenta au Roi Guillaume une requête, dans laquelle il
réclamait la promesse que Sa Ma-
jesté avait faite de lui donner la
premiere prébende qui vaquerait
à Westminster ou à Cantorberi.
Les promesses des Rois ne font
souvent que des espérances vaines
& trompeuses, que le moindre
souffle d'un Ministre fait éva-

nouir. La requête présentée au Roi n'eut point d'effet ; & c'est au mauvais succès de cette démarche qu'il faut attribuer l'aigreur répandue dans tous les ouvrages de Swift, contre les Rois & les gens de cour.

Après avoir inutilement attendu la fortune à Withehalt, il abandonna toutes les espérances qu'il avait de se fixer en Angleterre. Il dédia cependant au Roi les Ouvrages de Temple ; mais ce Prince fit peu de cas & de la dédicace & de l'Auteur. Le Comte de Berclai, un des Lords de Justice d'Irlande, proposa à Swift de remplir auprès de lui le double emploi de Chapelain & de Sécretaire. Le Lord Berclai alla à Waterford, & Swift commença les fonctions de Sécretaire qu'il exerça pendant ce voyage jusqu'à Dublin. Un des gens du Comte,

nommé Bush , qui avait gagné
les bonnes graces & la confiance
de son maître , lui fit entendre
que la place de Sécretaire ne convenait pas à un Ecclésiastique. Le
Comte de Berclai, gagné par les
insinuations de son domestique,
remercia poliment son Chapelain,
& donna la place à son heureux
concurrent. Ce revers de fortune
le chagrina & lui fournit un nouveau sujet de misantropie. Ce
traitement lui parut trop injurieux
pour le passer sous silence, & il
en exprima tout son dépit dans
une piéce intitulée *La Décou-
verte.*

Il obtint pourtant quelque tems
après , sous l'administration des
Comtes de Berclai & de Gallwai
conjointemeut Lords de Justice
d'Irlande, les Bénéfices de Laracor & de Rathbegan. Le premier
de ces Bénéfices lui rapportait en-

viron 4000 l. le second 1200 ; &
ce fut les seuls dons dont il jouit
jusqu'à ce qu'il fût fait Doyen
de Saint Patrice en l'année 1713.

Dès qu'il en eut pris possession,
il alla résider à Laracor ; & il fit
avertir ses Paroissiens qu'il offi-
cierait tous les mercredis & les
vendredis. Le mercredi suivant
on sonna la cloche ; & après avoir
resté quelque tems à l'Eglise, il
s'apperçut que lui & son Clerc
composaient toute l'assemblée. Il
entonna avec un air grave qui lui
était naturel, & dit à son Clerc :
*Mon cher Roger, le sort nous
a jetté plusieurs fois en divers endroits ; nous n'avons pas pour
cela négligé notre devoir envers
l'Eglise, ni notre zéle pour la
sainte Ecriture.* Ensuite il continua l'Office qu'il récita exactement.

Pendant que Swift était Chapelain du Comte de Berclai, fa fœur unique époufa, du confentement de fes oncles & de fes autres parens, un roturier dont la fortune & le caractere lui convenaient parfaitement. Ce mariage déplut à Swift, parcequ'il paraiffait traverfer les vues ambitieufes qu'il avait formées pour l'avenir, & arrêter tous fes projets. La feule penfée d'être le beau-frere d'un roturier le rendait furieux: il refufa abfolument de fe réconcilier avec fa fœur ; & il fut fourd aux prieres de fa mere, qui vint exprès le voir pour l'adoucir. C'eft la feule occafion où Swift a été rebelle aux volontés de fa mere. N'ayant pu vaincre l'opiniâtreté de fon fils, elle retourna à Leicefter, où elle demeura jufqu'à fa mort.

Là tant qu'elle vécut, Swift ne manqua pas de lui rendre tous les

ans une visite. Sa façon de voya-
ger est aussi singuliere que toutes
ses autres actions : il se servait
assez souvent des voitures publiques, & plus souvent encore il
allait à pied depuis Holyhead jusqu'à Leicester, à Londres, &
dans d'autres villes d'Angleterre.
Il dînait ordinairement avec les
valets d'écurie, les voituriers &
gens de cette sorte, & il logeait
dans les plus minces auberges. Il
prenait plaisir à converser avec le
peuple, quoique le langage vulgaire ne dût point cadrer avec le
fond d'humeur noire qui lui était
si naturelle. De-là sans doute les
expressions sales, grossieres & indécentes, qui sont semées dans
tous ses ouvrages.

Vous ne serez pas étonné d'apprendre qu'un homme de ce caractere ne fut pas logé décem-
ment à Laracor, où d'ailleurs il

restait peu, attendu les fréquens
voyages qu'il faisait à Dublin &
dans plusieurs villes d'Irlande,
ainsi qu'en Angleterre & sur-tout
à Londres. Le riche Doyené de
Derry vint à vacquer dans ce
tems-là : le Milord Berclai fit ses
efforts pour le lui faire obtenir;
& il en serait venu à bout, si M.
King, alors évêque de Derry, de
concert avec l'Archevêque de
Dublin, ne s'y fût pas opposé.
Ces deux Prélats employerent
tout leur crédit pour que le Doyéné fût donné à un vieux & grave
Théologien, plutôt qu'à un jeune homme comme Swift. « Je
» serais bien aise, disait l'Evêque
» de Derry, d'avoir dans ce Doyé-
» né un homme qui pût m'aider
» dans mes fonctions : je n'ai au-
» cun reproche à faire sur le com-
» pte de Swift; je le connais seu-
» lement d'un esprit vif & re-

» muant ; & je puis dire qu'au
» lieu de refter attaché à fa place,
» il ne ferait qu'aller & venir :
» c'eft pour cela que je voudrais
» qu'on le pourvût ailleurs.

Swift fut donc remercié à caufe de fa grande jeuneffe ; mais il
fut bientôt vengé. A la mort de
M. Lindfey, Primat d'Irlande,
l'Evêque de Derry demanda cette
Primatie, comme une place à laquelle il avait droit par fon mérite reconnu. On n'eut pas égard
à toutes fes prétentious, & l'on
jugea qu'il était trop vieux pour
remplir cette dignité. Ce refus
alluma la colere du Prélat, & il
fit éclater fon reffentiment à la
premiere vifite que lui fit M. Bot-
ter nouveau Primat. Il le reçut
dans fon antichambre, fans fe
lever de fon fauteuil, & il lui
dit ironiquement : Milord, je
fuis sûr que votre Excellence vou-

B v

dra bien me permettre de rester assis, sachant bien que je suis trop vieux pour pouvoir me lever pour la saluer.

En l'année 1701 Swift prit le bonnet de Docteur, & le Roi Guillaume mourut peu de tems après. Le régne de la Reine Anne me fournira des matériaux pour plusieurs lettres, dans lesquelles vous trouverez des regles pour vous conduire sagement, ainsi que des marques sûres de mon affection pour vous.

LETTRE IV.

A La mort de Guillaume III & à l'avénement de la Reine Anne à la couronne, Swift revint en Angleterre. Il faut avouer que les Ministres de cette Reine furent, depuis le commen-

cement jufqu'à la fin de fon régne, les protecteurs des Arts &
des Savans. Auffi ce fiécle a-t-il
été très-fertile en tout genre &
d'Ecrivains habiles, parmi lefquels Swift tint un rang diftingué.

*Ipfe ante alios pulcherri-
mus omnes ;
Infert fe focium Æneas atque
agmina jungit.*

Il fera prefque impoffible de continuer les mémoires fur la vie de
Swift, fans tomber dans une fré-
quente répétition des noms particuliers de Whig (1) & de Torry

(1) Whig, nom de parti en Angleterre,
qui fignifie un ennemi du defpotifme, défenfeur de la liberté & du bien public. Dans
l'origine ce nom fut donné à quelques fectai-
res de l'Oueft de l'Ecoffe qui s'affemblaient
dans les champs, & qui n'avaient d'autre
boiffon que du lait aigre. Ce nom s'eft étendu
dans la fuite à tous les non-conformiftes,
c'eft-à-dire, à ceux qui ne reconnaiffaient pas
l'Eglife Anglicane.

B vj

(1), deux créatures, dit un Auteur moderne, qui nées avec une antipathie secrette, lorsqu'elles se rencontrent en viennent aux mains aussi naturellement que l'éléphant & le rhinoceros. Le premier ministere de la Reine fut composé d'un mélange de ces deux partis. Les Whigs eurent d'abord la principale part au gouvernement, & vinrent ensuite à bout d'exclure les Torris. La Reine, qui favorisait réellement les derniers, fut malgré tous ses efforts maîtrisée par les whigs pendant plusieurs années, jusqu'à ce que M. de Har-

(1) Torri, nom de parti qui signifie un Royaliste, un Anglican rigide, un défenseur de l'obéissance passive. Il est opposé à celui de *Whig*. On appellait *Torris* les partisans de l'autorité Royale & de la Hierarchie Anglicane, mais sur-tout ceux qui étaient attachés aux intérêts de la maison de Stuart. Ce nom avait été donné plus anciennement aux Catholiques d'Irlande, qui avaient pris de l'ascendant sur les Protestans.

lei l'affranchît de ce joug, en lui
donnant pour sa garde une nouvelle troupe commandée par le
Duc d'Ormond. (1)

Swift fut connu des Chefs de
chaque parti; & quoiqu'il s'attacha d'abord aux *Torris* , il est
très - certain qu'il fut libre avec
les *Whigs* d'un grand mérite. Les
motifs qui l'engagerent à quitter
ceux-ci pour embrasser les grands
projets des premiers, sont parse-
més dans tous ses ouvrages. Les
personnes qui s'étaient signalées
alors comme *Whigs* , renonce-
rent aux principes des anciens
Whigs qu'ils suivaient, & en em-
brasserent plusieurs autres pour
lesquels leurs ancêtres avaient un
aversion réelle. Les effets du pouvoir & de l'ambition sont souvent

(1) Les Mémoires de ce Général qui eut
tant de part aux révolutions de ce regne,
paraîtront incessament, traduits de l'Anglais.

extraordinaires & fans bornes ;
ils aveuglent nos facultés, ébranlent nos réfolutions, & boule,ver-
fent enfuite notre raifon. Toutes
les Métamorphofes d'Ovide ne
feraient pas fuffifantes pour former un tableau vrai du changement qu'on voit arriver dans un
homme, qui de bon citoyen veut
devenir courtifan. On m'a affuré
(ce qui fait l'éloge de Swift)
que, lorfqu'il eut gagné la confiance & l'eftime des grands hommes qui tenaient le timon des affaires pendant les dernieres années du regne de la Reine Anne,
il ne s'oublia jamais, & qu'il ne
s'enorgueillit pas de fon crédit.
La tranquillité & la profpérité de
fa patrie furent le vrai but de
fa politique, & le fujet continuel
de fes réflexions & de fes écrits,
comme le dit fort bien M. Ham-
let. Continuons de fuivre les tra-

ces de fa vie, dans laquelle on trouve rarement des vuides de peu d'importance, excepté depuis l'année 1702, jufqu'au changement de miniftere arrivé en 1710. Ce fut pendant ces 8 années qu'il fit fauter les remparts des Whigs, & qu'il rendit le chemin facile aux Torris pour parvenir à la Reine. Car Swift a été aux Torris ce que Céfar fut aux Romains, le Général de leurs armées & l'Hiftorien de leurs victoires. Il refta long-tems en Angleterre. Là il fit fa premiere liaifon avec le Comte d'Oxford, comme on peut le voir dans un de fes poëmes qui parut en l'année 1709; & dans un autre endroit de fes ouvrages de l'année 1713, dans lefquels il s'exprime en ces termes:

« Je crois qu'au mois d'octobre » prochain il y aura à peu près

» quatre années que M. de Har-
» lei m'invita pour la premiere
» fois à l'accompagner dans ſes
» voyages en qualité d'ami.

Il dit ailleurs : Je vois bien que
» Milord voudroit continuer le
» badinage, & promener ſon hom-
» me juſqu'à Windſor ; mais ſi
» Swift trouve que le lieu & le
» climat lui plaiſent, il vous de-
» mandera tout de ſuite une place
» de Chanoine dans ce pays. Bon,
» dirait le Milord, cette place eſt
» trop peu de choſe ; non, non,
» Docteur, vous y ſerez Doyen.

Par ce dernier trait & par nombre d'autres répandus dans ſes
écrits, il paraît que toutes les
vues de Swift tendaient à ſe former un établiſſement en Angleterre ; de ſorte que ſa nomination
au Doyéné d'Irlande, fut plutôt
pour lui un déſagrément qu'une
récompenſe. Dans une lettre

adreſſée à Gai (1). Il dit : J'ai paſ-
» ſé en Angleterre la meilleure
» partie de ma vie juſqu'à ces huit
» dernieres années , j'y ai fait
» des amis qui m'étaient attachés
» & que je deſirais conſerver juſ-
» qu'à la mort ; & maintenant je
» ſuis relégué dans une terre étran-
» gere, pour le peu de jours qui
» me reſtent ». Dans une réponſe
à une lettre à Pope , qui lui avait
offert de l'encenſer comme un
Dieu tutelaire. Il s'exprime ainſi :
« Vous êtes un fort mauvais ca-
» tholique ou un plus mauvais
» géographe ; car je puis vous aſ-
» ſurer que l'Irlande n'eſt pas le
» paradis ; j'en appelle même à
» un Docteur Eſpagnol, pour ſa-
» voir ſi jamais homme s'eſt aviſé
» d'écrire à un ami aux enfers ou
» au purgatoire ». Je ne mettrai

(1) Gai, excellent Poëte Anglais, mort en
1732.

-point fous vos yeux les autres paffages, mais vous trouverez dans fes lettres plufieurs expreffions qui ont le même fens.

Les talens extraordinaires qui brillaient dans fes écrits, l'attention conftante qu'il avait à prendre les intérêts du peuple & à foutenir fes droits avec force, lui acquirent l'amitié du Comte d'Oxford.

Depuis l'année 1710 jufqu'à la fin du regne de la Reine Anne, Swift fut un zélé partifan des Miniftres, comme on le voit par plufieurs piéces fugitives de ce tems, & entr'autres par ce fragment de lettre à Pope.

« J'ai eu avec des Miniftres » d'Etat de chaque parti beaucoup » plus de ces converfations libres » & fréquentes, qu'il n'arrive ordinairement à un homme de » ma condition. Je vous avoue

» franchement qu'à confidérer
» ces Meffieurs en qualité de Mi-
» niftres, ils m'ont paru tous une
» race d'hommes, dont la con-
» naiffance ne doit être recher-
» chée que par des mortels vains
» & ambitieux ». Le Comte d'Oxford, comme homme de lettre &
ami de Swift, a pu s'ouvrir à lui
facilement ; mais comme Miniftre d'Etat, il lui a toujours paru
myftérieux, parlant comme l'o-
racle de Delphes, en termes ob-
fcurs & avec des expreffions équi-
voques.

Un homme fe croit toujours
plus important qu'il ne le paraît
aux yeux des autres : tel fut peut-
être Swift, qui, fatisfait des manieres affables & des converfations familieres du Comte d'Oxford, fe crut un perfonnage néceffaire au miniftere. Car il dit
dans une de fes lettres, qu'on lui

avait accordé le titre d'*Historio-graphe*. Je crois qu'à cet égard il s'est trop flatté ; au moins il est évident qu'il n'avait aucun titre en l'année 1713 , tems où il fut nommé Doyen de saint Patrice. Un tel Doyéné n'était pas une place assez éminente, ni d'un revenu suffisant pour un homme ambitieux, qui ne visait qu'à un grand établissement en Angleterre, & à qui une dignité dans tout autre Royaume aurait paru un azile honorable. Mais pour ne vous rien cacher, mon cher Hamilton, je vous avouerai que sa mauvaise humeur fit souvent souhaiter à ses amis d'Angleterre, qu'il eût une bonne place capable de l'éloigner d'eux. Son caractere (pour me servir des termes les plus doux) était intraitable. Il était capritieux , & inconstant dans toutes ses actions.

Il donnait plutôt ses conseils en
protecteur qu'en ami : fier d'une
vaine apparence de Ministre dont
il n'eut que l'ombre, il fut employé quelquefois, mais on ne
se fia pas trop à lui ; & dans le
même tems qu'en politique adroit
il s'efforçait de pénétrer dans les
profondes régions du ministère,
on lui permit seulement d'aller à
fleur d'eau, dans la crainte peut-
être qu'il n'eût trouvé le fond trop
bourbeux.

De ces réflexions il est bien
aisé de conclure qu'il ne manqua
un Evêché en Angleterre, que
par les plaintes que l'Archevêque
d'York & une Dame de distinction avaient faites à la Reine
contre lui. Swift a toujours crû
que l'Archevêque l'avait peint
comme un mauvais chrétien, &
que la Dame avait appuyé cette
calomnie. La Reine sur leur té-

moignage difposa de l'Evêché
d'une façon toute contraire à fes
premieres intentions. Swift fe tint
dans des bornes refpectueufes,
lorfqu'il fut queftion de parler
de la Reine ; mais il fit éclater
ouvertement fa haine contre l'Archevêque & la Dame.

Des affaires cérémonieufes &
indifpenfables m'obligent d'interrompre ma lettre ; mais foyez
bien perfuadé que rien au monde
ne fera jamais capable d'altérer
l'amitié que vous conferve votre
affectionné pere.

LETTRE V.

LA plupart des hommes re-
voient avec plaifir leur patrie ; il n'en fut pas ainfi de Swift.
A fon arrivée en Irlande il trouva une animofité extrême dans

les gens du parti qui lui était op-
poſé. Le bas peuple malin & ſéditieux le regardant comme un
ennemi, porta ſon étrange averſion juſqu'au point de lui jetter
des pierres, lorſqu'il paſſait dans
les rues. Le Chapitre de Saint Patrice ne parut le recevoir qu'a-
vec une extrême répugnance.
Des talens médiocres & moins de
fermeté auraient cédé à des ou-
trages ſi marqués ; mais les tra-
verſes ne ſervirent qu'à enhardir
davantage le Doyen. Il connaiſ-
ſait aſſez le cœur humain, pour
être bien convaincu que les
bruyantes paſſions des petits eſprits font un flux & reflux continuel : ils aiment ſans connaître
l'objet de leur amour, & haïſſent
de même ; eſclaves des préjugés,
ils ſe conduiſent ſans régle & ſouvent au haſard.

Swift commençi d'abord par

subjuguer son Chapitre; & il le
conduisit si adroitement, que
peu de tems après son arrivée,
aucun membre de ce corps ne
s'avisa de le contrarier, même
dans les plus petites choses; ils
eurent au contraire pour lui tant
de respect & de vénération, qu'il
était à la tête de ce Chapitre comme Jupiter parmi les Dieux. Soit
que la crainte ou la persuasion
fussent les motifs d'un changement si subit, il est très-certain
que tout le Chœur des Muses se
tourna du côté du favori d'A-
pollon.

*Viro Phœbi Chorus assurrexe-
rit omnis.*

Swift ne resta en Irlande que
le tems qui lui fut nécessaire pour
s'établir Doyen, ou, pour employer ici ses termes, pour passer
les formalités d'usage, que l'on
appelle

appelle communement *droit de véxation, inftalation, abjuration, dîme, régale de Chapitre, premier fruit, dettes, payement, tour de bas ton,* &c.

Pendant le tems de ces cérémonies, il eut une correfpondance continuelle avec fes amis d'Angleterre, qui étaient prefque tous des perfonnes éminentes foit par la naiffance ou le rang, foit par les talens. Parmi le grand nombre de lettres qu'il reçut de Pope, en voici une moins connue que les autres, & qui m'a paru digne de votre curiofité. Elle eft dattée de la fin de l'année 1713. C'eft la réponfe à une lettre de Swift, dans laquelle, pour plaifanter, le Doyen lui offre une fomme d'argent, *ex caufa religionis*, ou en bon Anglais, pour engager Pope à changer de religion. L'efprit & la clar-

C

té de cette lettre épargneront de
longs commentaires.

De Binfield, le 8 décembre 1713.

MONSIEUR,

Pour ne pas vous rappeller le
souvenir de toutes les obligations
que je vous ai, je ne m'arrêterai
qu'aux dernieres marques de politesse & de bonté que je reçois
de votre part. Premierement vous
voulez que je vous écrive souvent , & vous m'offrez ensuite
vingt louis pour me faire changer de religion (1). Permettez-
moi, Monsieur, de faire de ce

---

(1) Pope était Catholique. Cette lettre ne
se trouve pas dans un recueil qui paroît depuis six mois à Paris. Quoique le titre de ce
livre annonce: Lettres choisies. Il me semble que celle-ci méritait d'être connue dans
cette traduction.

dernier point le fujet de ma lettre.

Il eft beau à un Eccléfiaftique d'offrir par zéle pour la religion tant d'argent de fa bourfe. Si vous pouvez engager chaque particulier du Royaume, qui aura plus de dix mille livres de rente, à me donner autant que vous, je me convertirai comme font pour l'ordinaire les hommes lorfqu'ils y trouvent leur compte. Négociez cette affaire, mon cher Doyen; & je promets de quitter le parti du Pape, le Chef de notre Eglife, dès que la Reine, le Chef de la vôtre, m'accordera une récompenfe particuliere.

Quant à la communion fous une feule efpéce, j'y renoncerai auffi pour communier fous les deux, lorfque le miniftere me le permettra.

A l'égard de l'invocation des Saints, toutes mes prieres s'adref-

C ij

feront aux pécheurs, lorfque les
Grands de ce monde feront auffi
portés que ceux de l'autre à me
faire du bien. Vous voyez, Monfieur, que je ne fuis pas obftiné
fur les points principaux; mais
voici un article que je me fuis
refervé, & qui vous paroîtra jufte. Ce font les prieres pour les
morts. Il y a des perfonnes dont
l'ame m'intéreffe autant que la
mienne propre ; & je demande
humblement la permiffion au miniftere d'expofer que, quoique
les foufcriptions marquées ci-
deffus foient fuffifantes pour moi,
la plus grande partie de ces perfonnes étant malheureufement
hérétiques, fchifmatiques, poëtes, peintres, ou même gens de
telle vie & mœurs, qu'aucune Eglife ne les veut fauver, par conféquent on ne pourra les délivrer
qu'à grands frais.

Le vieux Driden (1), quoique Catholique Romain, était poëte; & quelques anciens vifionaires nous ont laiffé pour maximes, qu'on n'a jamais pu fauver un poëte fans qu'il en coutât un grand nombre de meffes : ainfi je ne puis le délivrer du purga-toire que par le fecours de cin-quante livres fterling (2).

Walsh n'était pas feulement Socinien, mais encore *Whig*. Par cette raifon, il fera bien difficile de le fauver ; & à vous parler franchement, on ne le pourra guere à moins de cent livres fter-ling.

L'Eftrange étant Torri, il en coutera quatre cens. J'efpére

(1) Driden, célébre Poëte Anglais, né en 1631, mort le 1 mai 1701. Pope a fait de lui un grand éloge.
(1) Cinquante livres fterling valent envi-ron 1200 liv. de France.

qu'aucun de ses amis ne les lui
refusera pour l'empêcher d'être
damné dans l'autre monde, puisqu'ils ne lui ont jamais donné un
sou pour le sauver dans celui-ci.
Le tout monte, comme vous
voyez, à 3400 liv.

En second lieu, je vous prie
de représenter qu'il y a plusieurs
de mes amis vivans, ausquels,
s'il plaît à Dieu, je compte sur-
vivre; qu'ainsi je profiterai de
leurs legs: mais, suivant la doctrine réformée, je ne dois pas
en donner un sou, pour sauver
les ames des personnes qui me
les ont faits.

Il y a un nommé Jervas (1)
qui s'est rendu très-coupable, en
s'avisant d'exposer au grand jour
un tableau des choses célestes,
mises en comparaison avec les
terrestres. Il est encore un cer-

(1) Jervas, peintre célébre d'Angleterre.

tain Monsieur Gai, jeune homme infortuné, qui écrit des pa-
ftorales durant le fervice divin,
& dont l'état eft bien plus déplorable ; car il a dépenfé en bagatelles l'argent qu'il aurait dû
referver pour le falut de fon ame.

J'aurai bien de la peine à fauver tous ces gens-là fans quelques
millions ; foit que vous confidé-
riez la difficulté d'un tel ouvrage , ou l'attachement extrême
que j'ai pour eux qui me fera
poufer cette charité auffi loin
que je le pourrai.

Il en refte encore un que je
veux fauver à quelque prix que
ce foit ; mais comme je prévois
que les frais monteront très-
haut, j'expoferai le cas aux Miniftres , afin que leur générofité
& leur prudence déterminent la
fomme qu'ils veulent donner.

La perfonne dont je veux vous

parler, eſt Monſieur Swift, digne Eccléſiaſtique, mais qui de
ſon propre aveu a plus compoſé
de libelles que de ſermons. Si ce
que bien des perſonnes m'ont
dit eſt vrai, que trop d'eſprit eſt
un obſtacle au ſalut ; ce gentilhomme ſera damné à jamais : mais
j'eſpére que par la longue expérience du monde, & par les con-
verſations fréquentes qu'il a eues
avec les grands hommes, ſon eſprit diminuera tous les jours,
comme il eſt arrivé à tant d'autres. Quoi qu'il en ſoit, je me
croirais un réprouvé ſi je ne tâ-
chais de le ſauver, car je lui ai
de grandes obligations. Il m'a même produit en de bonnes compagnies où je n'aurais jamais été.
Quand j'étais malade, il m'a rendu plus gai que je n'avais envie
de l'être : enfin il m'a mis dans
le goût de faire des poëmes, afin
qu'il pût les parodier.

J'ai été un tems où je croyais
ne pouvoir jamais m'acquitter des
politeffes que j'ai reçues de lui.
Mais j'ai appris dernierement avec
un grand plaifir que je les ai plus
que payées ; car Montagne m'af-
fure qu'une perfonne qui reçoit
un bienfait, oblige fon bienfaiteur ; puifque le but principal
d'un ami eft de rendre fervice à
l'autre. Ainfi celui qui en fait
naître l'occafion eft le libéral.
Dans ce cas il eft impoffible à
Monfieur Swift de s'acquitter envers fon zélé ferviteur Pope (1).

Je viens d'achever la boucle
des cheveux enlevée ; & je crois
que je refterai ici jufqu'à Noël,
fans aucun embarras.

Dès le commencement de l'an-

_____

(1) Pope, l'un des plus célébres Poëtes,
& des plus beaux génies de l'Angleterre,
nâquit à Londres le 8 juin 1688, mort le
30 mai 1744.

née 1714, Swift retourna en Angleterre : il trouva ses plus puis-
sans amis désunis. Il s'apperçut
de la triste situation de la Reine,
dont la santé dépérissait à vue
d'œil ; tandis que la ligue s'ani-
mait & reprenait chaque jour de
nouvelles forces. Les moyens qu'il
fallait employer dans cette occasion, n'étaient pas si difficiles
qu'ils paraissaient désagréables. Il
fit éclater son savoir, pour réunir.
les Ministres & concilier les différends de l'Etat. Si je voulais
vous répéter ici tout ce que je
lui ai entendu dire sur ce sujet,
je serais obligé d'entrer dans un
long détail sur des choses que je
dois vous taire comme bon citoyen. Contentez-vous d'apprendre que, dès que Swift vit ses
peines perdues & tous ses efforts
inutiles, il s'en alla à la maison
d'un de ses amis à Berkshire, où

il resta jusqu'à la mort de la Reine. Ce dernier événement mit fin à toutes les espérances qu'il avait en Angleterre. Il retourna, aussitôt qu'il lui fut possible, à son Doyené en Irlande, accablé de ses mourantes passions, chagrin & mécontent.

LETTRE VI.

NOus ne devons plus maintenant regarder Swift comme un homme de quelque importance en Angleterre; ses flatteuses espérances furent ruinées en Irlande, où les duels portaient la mort dans toutes les familles, & où la rage était si cruelle, que les Dames, animées d'une aveugle fureur les unes contre les autres, se détruisaient elles-mêmes. Connu par son attachement im-

muable au dernier miniftere de
la Reine, & par fes écrits contre
les Whigs, il reçut de fréquentes
infultes du peuple, & fut enfuite
en but à la haine de perfonnes
de tout état & de toute condition. Un fi dur traitement aigrit
fon humeur, & fit couler abon-
damment le fiel de fa plume. Ces
diverfes circonftances ont produit
de mauvais effets dans les ouvrages qui les ont fuivis, & ils dif-
férent beaucoup des premiers.

A préfent, mon cher Hamilton, je vais l'examiner comme
Auteur.

Si nous confidérons fes ouvrages en profe, nous y trouverons
une précifion claire, par-tout la
main d'un maître, un ftile cou-
lant qu'aucun Ecrivain n'a pu
égaler. Cette idée fe développera
mieux en la comparant avec des
Auteurs de fon tems, parmi lef-

quels Tilotſon (1) & Adiſſon (2)
doivent être mis au rang des plus
célébres. Adiſſon réunit deux brillans avantages, l'art de plaire &
celui d'inſtruire. Sa diction eſt
aiſée, ſes périodes bien arron-
dies, ſes expreſſions naturelles
& d'une tournure délicate. Tilotſon eſt grave, nerveux, ma-
jeſtueux & clair tout à la fois.
Nous pouvons réunir ces qualités
enſemble, pour donner une idée
vraie du Doyen : mais comme il
ſurpaſſait Adiſſon pour le naturel, il ſurpaſſa auſſi Tilotſon pour

(1) Tilotſon, célébre Archevêque de Cantorberi, l'un des plus grands Prédicateurs de
l'Angleterre, né en 1630, mort à Lambele
le 12 novembre 1694. Ses ſermons ſont regardés par les Anglais comme ce qu'ils ont
de plus excellent en ce genre, & la traduction en Français eſt fort goûtée de tout le
monde.

(2) Adiſſon, Poëte Anglais, né en 1671,
& mort en 1729.

la clarté. L'Archevêque l'accou-
tuma peu à peu à des sujets relatifs à sa profession. Adisson &
Swift sont des Ecrivains plus variés. Ils changent continuellement leur façon d'écrire, & em-
ploient des lieux communs sous
une forme différente. Les derniers
ouvrages d'Adisson sont très-né-
gligés, & d'un bon Auteur il
devient très-médiocre. Swift ne
fut pas de même : il parut comme un conquérant habile, il mania
toujours les armes avec une adres-
se merveilleuse. Pendant qu'il ac-
cueillait le vulgaire ignorant, il
s'attirait l'attention des Savans &
des Grands; toujours sérieux &
grave à propos, il amuse agréablement son lecteur. Mais que
dirons-nous de son amour pour
la bagatelle, & de son peu de délicatesse ?

L'amour de la flatterie avec laquelle on l'encenfait tous les jours, donna lieu à ce premier défaut. Le fecond venait de fa mifantropie, & de fon inclination naturelle qui lui faifait haïr le genre humain. Il faifait fes occupations favorites des matieres de politique : cependant il ne continua pas long-tems ce genre. Il écrivit des ouvrages mêlés ; s'il avait voulu employer toutes les facultés de fon efprit à un ouvrage utile & d'une vafte étendue, il aurait brillé beaucoup.

On doit regarder les poéfies de Swift comme des écrits faits par occafion, foit pour plaire, foit pour ridiculifer quelques particuliers : ainfi nous ne les fuppofons pas marqués au coin de l'immortalité. S'il avait cultivé fon génie dans ce genre, il aurait certainement excellé dans la fatire. On trouve dans plufieurs

de ſes piéces des eſquiſſes legeres, où il paraît plus jaloux d'é-
pancher ſa bile, que de faire briller ſon imagination. Il cherche
à découvrir & à corriger les fautes dans les ouvrages des autres,
plutôt qu'à embellir les ſiens.
Semblable à un chirurgien habile, attentif à ſonder les plaies
juſques dans leurs ſombres pro-
fondeurs, & qui les ouvre pour
en découvrir la vraie cauſe. Le
Docteur préfére toujours le cor-
roſif au baume dulcifiant, qui
ſoulage plus promptement le malade en entretenant ſa bleſſure.
Par-tout il a préféré une utile
ſévérité à une politeſſe affectée,
ſoit qu'il ne fût pas naturellement diſpoſé pour la poëſie, ſoit
qu'il ne voulût pas prendre la
peine d'y exceller. Il aima mieux
ſe donner l'air d'un critique, que
celui d'un poëte. S'il eût été du

tems d'Horace, il en aurait furement approché de plus près
qu'aucun autre. En comparant
les différentes façons d'étudier &
les formes diverses du gouvernement, sous lequel a vécu chacun
de ces grands hommes, on trou-
verait à bien des égards une grande ressemblance entre eux. Tous
les deux se sont également distin-
gués par leur esprit, & par leur
caractère. L'un & l'autre ont répandu dans leurs écrits une gaieté particuliere. Horace est plus
délicat & plus élégant, & plaît
même dans ses satires les moins
travaillées. Swift au contraire
prend plaisir à captiver le lecteur.
La différence qu'il y a eu entre
leur caractere, semble être une
suite de leur différente fortune.
Le Docteur Swift, né ambitieux,
se nourrissait de projets vastes
mais chimériques, & fut trompé

dans tous. Horace, content du bien médiocre que lui avaient laissé ses peres , se fit des amis, mérita les largesses & les bonnes graces d'Auguste. Tous deux ont fait les délices de leur siécle. Tous deux modérés & un peu Epicuriens; Horace eut sa Lydia, Swift sa Vanessa ; Horace son Mécène & son Agrippa, Swift son Oxford & son Bolingbrok ; Horace son Virgile, & Swift son Pope.

Après les grands noms que je viens de citer, il paraîtra bien étonnant que le Docteur , qui avait joui de tous les agrémens des conversations les plus instructives & les plus brillantes, ait pu se plaire également dans celles du peuple, qui sont toujours triviales & ennuyeuses. Il est très-certain que son établissement comme Doyen de Saint Patrice, & le choix de ses sociétés, font bien connaître qu'il avait le goût dépravé.

Depuis 1714 jufqu'à 1720, tems où le fiftême ruineux de Wood fur l'efpéce monoyée commençait à s'établir, réveilla l'amour de la patrie dans Swift. Il devint l'unique objet de la profonde politique du Docteur ; & ce zéle ardent lui attira le nom de protecteur de l'Irlande.

Une agréable indolence & quelques bagatelles amufantes rempliffaient une partie de fon loifir, des fous & des parafites affamés rempliffaient le refte.

Le Docteur Swift fut toujours affidu au fervice divin, & régulier dans toutes fes actions, même dans les moindres bagatelles. Il ne varia jamais fes lectures ni fes amufemens. Les ouvrages qu'il a donnés depuis 1714 jufqu'à 1720, font en petit nom-

bre & de peu de conséquence.
Les poësies & les piéces fugitives adressées à *Sheridan*, font
une bonne partie de ce recueil.

En 1720 il commença en quelque façon à reprendre son caractere de politique. Il fit paraître
une feuille périodique pour la
défense des manufactures d'Irlande. Cet essai lui rendit la confiance & l'amour du peuple. Ces
petits ouvrages ingénieux, enfans
du caprice, passerent de main en
main : ils produisirent l'effet d'u-
ne préface artificieuse ; ils dispo-
serent par avance favorablement
le lecteur. Ils étaient à la portée
de tout le monde, & flattaient
l'imagination. Le peuple par récompense le distingua par le nom
du célébre Docteur.

Le vulgaire porte toujours à
l'excès son amour & sa haine,
souvent guidé par le hasard, ra-

rement par la raison, seul guide
capable de le remettre dans le
droit chemin, dont il s'égare sans
cesse faute d'éducation.

L'imprimé, concernant les manufactures d'Irlande, captiva les
cœurs. Quelques autres petites
piéces sur le même sujet ne furent pas reçues moins favorablement ; & dès lors on reconnut
le sincere attachement du Doyen
pour les intérêts de l'Irlande. On
rendit justice à son mérite & à
son zéle pour la patrie. Son amour
pour le peuple le rendit l'arbitre
des différends de ses voisins, tout
le monde recevait ses ordres avec
beaucoup de respect & de sou-
mission : personne n'osait appeller
de ses avis, ni murmurer contre
ses décisions.

L'affection du peuple, qui n'é-
tait pas si universelle avant les
lettres de *Draper*, lui concilia

l'eſtime des petits & des grands.
Cette occaſion ne vint que par
la rareté d'une monnoie de cuivre, qui obligea les chefs des manufactures de ſe ſervir pendant
une année d'une monnoie d'étain
de même valeur, pour payer les
ouvriers. Le tort que fit cette
monnoie s'étendit juſqu'aux plus
petites branches du commerce,
& elle cauſa un déſordre général.
Le Roi pour y remédier accorda
à Guillaume Wood des lettres patentes, qui l'autoriſaient à fabriquer pendant 14 ans des liards &
des piéces d'un ſol, pour l'uſage
d'Irlande, juſqu'à la valeur d'une
certaine ſomme. Cette nouvelle
monnoie fut frappée pour les perſonnes qui voudraient la recevoir
de bonne volonté. Le Doyen
alors écrivit au peuple ſous le
nom de Draper, une lettre, dans
laquelle il lui faiſait voir l'abus

qu'il y avait à recevoir ces nouvelles espéces pour de la monnoie
courante. Cette premiere lettre
fut suivie de plusieurs autres sur
le même sujet, & elles font imprimées parmi ses ouvrages.

Au son de la trompette de Draper, un grand murmure s'éleve
parmi le peuple, semblable à un
ouragan qui excite une violente
tempête. Tout le monde, persuadé que la réception des piéces de
cuivre était contraire au bien public, les Whigs & les Torris mar-
chent de concert sous les ordres de Draper, & s'échauffent
également pour la cause commune. Beaucoup d'ardeur de part &
d'autre, & plusieurs discours contre le gouvernement, furent les
suites de cette union. La fermen-
tation des esprits n'aurait pas ces-
sé, si l'on n'eût totalement sup-
primé cette nouvelle monnoie,

& fi Wood n'eût pas retiré fes lettres patentes.

Voilà à peu près le détail le
plus clair que l'on puiffe donner
d'une affaire qui allarma la nation Irlandaife au point, que
dans un Royaume moins fidéle,
elle aurait caufé une révolution.
Mais ce peuple conftant & attaché à la famille régnante, eft iné-
branlable; & quoique cette nation infortunée n'ait reçu du trône jufqu'à préfent aucune marque de faveur, il faut efpérer qu'a-
vec le tems elle en recevra la récompenfe.

Le nom d'Augufte ne fut pas
donné à Octavius Céfar avec plus
d'applaudiffement, que celui de
Draper au célébre Doyen. Il n'eut
pas plutôt reçu ce furnom, qu'il
devint l'idole du peuple d'Irlande. Le peuple raffemblé dans les
places les faifait retentir du nom
de

de Draper, comme il fit de celui de Guillaume III. On célé-
brait sa fête, en offrant aux
Dieux des libations pour sa confervation & pour sa mémoire.
Son portrait fut expofé dans les
rues de Dublin, les acclama-
tions & les vœux du peuple l'ac-
compagnaient par-tout. On le
confultait fur tous les points importans de la police en général,
& fur le commerce en particulier. Peu de tems après il fut regardé comme le pere des ouvriers.
On venait en corps de chaque
communauté recevoir fes avis
pour le prix qu'on mettait aux
marchandifes, & pour la taxe
des artifans ; & il écoutait tout
avec beaucoup d'attention. Un
jour il fit ranger tous fes clients
en cercle dans une falle où il leur
parla long-tems, & fans héfiter
fur tous les points qui deman-

D

daient le fecours de fes lumieres.

Quand il y avait une élection à faire dans la ville, les communautés lui venaient rendre leurs hommages ; & elles ne décidaient jamais rien, fans le confentement & l'approbation de leur patron. Le peuple foumis fuivit aveuglement les ordres du Doyen, qui conferva fon eftime & tout fon crédit jufqu'à ce qu'il perdît l'ufage de la raifon : perte qu'il femblait prévoir, & qu'il déplora d'avance, comme par un efprit prophétique, en préfence de fes amis.

LETTRE VII.

VOus me paraiffez defirer avec impatience que je vous faffe le détail critique de tous les ouvrages de mon ami

Swift. Mais ne vous attendez pas
que je vous fasse des remarques
sur chaque piéce en particulier.
Il y en a plusieurs que je mets
au rebut, d'autres qui me dé-
plaisent, d'autres enfin qui me
réjouissent & que je trouve bonnes. J'éplucherai particulierement
ces dernieres, car les autres ne
méritent pas votre attention : elles ne nous font voir en général
que les écarts de l'esprit humain,
& prouvent que ni l'élévation de
l'esprit, ni la vaste étendue du
génie, ne suffisent pas pour porter l'homme au dégré de perfection, comme la sotte vanité le
lui persuade souvent.

. Dans la recherche que vous
exigez de moi, j'éviterai, autant
qu'il sera possible, de faire des
remarques sur les satires person-
nelles, qui de tems en tems
égayaient le mélancolique Doyen,

Il paraît probable que les perfonnes qui en font le fujet, fe
font attirées ces traits fatiriques
par le peu d'égard qu'elles ont
eues pour lui ; & que fi fa plume
les a bleffées, c'eft à leur impru-
dence qu'elles doivent imputer
leur bleffure. Je n'y ai trouvé de
fupportable que l'efprit qu'il a
répandu : ce qui mérite toujours
l'attention des gens de goût.

L'efprit dans quelque ouvrage
que ce foit a toujours fon prix ;
quand les fujets fur lefquels il
s'exerce feraient ufés ou entierement oubliés. La fatire contre
les Magiftrars ignorans, contre
les Miniftres lâches & corrom-
pus ; contre les millionaires en-
graiffés de la fubftance des malheureux, diffère de cette fatire
perfonnelle, qui ne provient que
trop fouvent de l'amour propre
ou d'un mauvais naturel. L'une

de ces satires est pour la défense
du bien public; l'autre pour nousmêmes. Dans l'une il s'est armé
de l'épée de la justice; il encou-
rage le peuple par les principes
de la saine morale : l'autre est di-
ctée par la passion, soutenue par
l'orgueil, & applaudie par la flatterie. Tout homme d'esprit a
droit de se mocquer des fous,
qui disent à tout moment des
sottises; ou des fats, qui sont une
peste publique pour la société,
& dont toute la terre est inondée.

Le Docteur Swift dans ses railleries n'a pas oublié les imperti-
nens. Mais s'il a été victorieux
dans la guerre qu'il soutint contre
les grands, il n'a pas toujours été
invulnérable.

En parcourant les ouvrages du
Doyen, on ne saurait trop regreter qu'il n'y en ait eu aucune
édition complete. Celle de Faal-

D iij

kener , à préfent en huit volumes, parut fous le manteau. Je
la crois la meilleure, en ce qu'elle a été imprimée en partie fous
les yeux du Doyen. Les quatre
premiers volumes furent publiés
par foufcription, revus & corrigés par l'Auteur. Les tomes 5 &
6 parurent de la même maniere.
Le feptiéme volume contient un
grand nombre de lettres qui furent publiées fecretement : & le
tome 8 ne parut qu'après la
mort de Swift. L'Auteur a laiffé
à fon Editeur le foin de diftri-
buer les piéces en profe & en
vers pour les fix premiers volumes ; auffi les dattes font - elles
fauffes en bien des endroits ; &
l'inutile n'a été ramaffé que pour
groffir la collection. Voilà ce
qui a mis dans les éditions des
œuvres de Swift une confufion
qui bleffe les yeux & trouble l'intelligence.

Lorfqu'on entreprendra une nouvelle édition, je ferais d'avis que l'on retranchât entierement toutes les minuties, enfans de fon loifir, ou tout au moins qu'on les réunît dans un même volume, afin qu'elles fuffent féparées de fes bonnes piéces.

Swift avait naturellement la folie de faire imprimer tous fes ouvrages; & fon ami Sheridan l'entretenait dans cette fotte vanité. Il avait une fi furieufe démangeaifon d'écrire, qu'il faifait continuellement gémir la preffe avec de petits ouvrages fugitifs & pétillans. Il lui échappait toujours quelques traits fatiriques qui le faifaient craindre. Au refte il était d'un bon naturel & incapable d'offenfer perfonne. Mais il était toujours en guerre avec les petits Auteurs, qui fe vengeaient en imitant le ftile de Bays, &

qui lui rendaient faillies pour
faillies , l'agaçant fans ceffe &
lui rognant un peu fes aîles.

L'amitié de Théfée & de Pi-
rithoüs n'a pas été plus conftante
que celle de Swift & de Sheridan. Mais l'amitié que ces deux
héros avaient contractée , commença probablement par des motifs très - différens de ceux qui
avaient uni les deux modernes.
Dans la premiere lettre je vous
ai fait une peinture de l'époufe
du Doyen ; fouffrez que je vous
donne une legere efquiffe de fon
ami.

Sheridan avait profeffé long-
tems les humanités ; & dans plufieurs occafions il a fait voir qu'il
était né pour cet état. Il était
très-verfé dans les langues Gré-
ques & Latines, & il connaiffait
à fond les mœurs de chaque peuple. Il avait cette efpéce de bon

naturel, que le manque d'esprit
semble donner, avec une indolence & une aimable pareſſe
que procure aſſez ſouvent la fortune : ſans ambition, connaiſ-
ſant beaucoup mieux les livres
que les hommes. Swift s'attacha
à lui comme à un homme original, dont il eſpérait tirer quelque choſe, toutes les fois que
ſon appetit mocqueur le deman-
derait. Sheridan fut toujours le
même ; & ayant obtenu de s'ab-
ſenter une ſeule fois, pour aller
prendre poſſeſſion d'un petit bien
que le Comte de Granvile, àlors
Vice-Roi d'Irlande, lui avait laiſſé dans la Province de Clarke :
cette avanture, qui pour tout
autre aurait été d'une grande reſ-
ſource, précipita ſa ruine totale.
Comme vous trouverez ſa vie
écrite par Swift au quatriéme volume de ſes œuvres ; je vous dirai

D v

feulement que fa mauvaife étoile
le fit retourner à Dublin, & qu'il
fut difgracié de la cour & du
château. Malgré ce fâcheux événement, Sheridan difait toujours
de bons mots. Il avait d'heureu-
fes faillies ; & il ne paffait pas
un jour fans faire quelques ana-
grames & quelques madrigaux,
frivolités qui ont été pour lui en
pure perte. Mais pour vous faire
connaître fes talens poëtiques, il
fuffira du fragment que vous allez
lire.

Inftruit par le même Apollon,
c'eft toi qui m'appris à monter
ma lyre, à manier la plume : cependant peu favorifé de tes regards, je fais, je refais, je mul-
tiplie les ratures, & j'écris tout
le jour fans que tu daignes m'é-
couter. Auffi ma rime s'eft-elle
négligée, & mes vers font-ils
l'objet du mépris. Ton petit fub-

ſtitut dédaigne de les lire, il ſemble même déſapprouver les airs que je chante. Grand Apollon, qui m'ouvris la veine, accorde-moi pour toute récompenſe l'immortalité d'une de mes piéces : quoique tes faveurs ſemblent réſervées au Doyen, fais briller en moi une lueur de génie, & je ne te demanderai plus rien.

« Apollon avec un ſouris malin, me répondit : J'ai peſé toutes tes raiſons, ta naïve humilité me plaît ; j'accorde l'immortalité à tes ouvrages, ſi tu fais ce que je vais t'ordonner. Emploie à chanter des rondeaux toutes les cordes de ta lyre ; fais des vers en cercle, & ils ne mourront jamais.

Dans le cours de ma correſpondance, mon cher Hamilton, vous pourrez appercevoir quel-

ques contradictions apparentes ;
mais comme je pourſuis le Doyen
à travers les ſombres détours de
ſon caractere, vous pourrez les
concilier en conſidérant que Swift
fut peut-être l'homme le plus in-
conſéquent de ſon ſiécle. Son caractere me rappelle l'ancienne
opinion que Plutarque (1) dit
avoir été adoptée par les ſept
Sages de la Grèce : ce qui depuis a été la ſource de l'héréſie
des Manichéens (2). Suivant cette

(1) Plutarque parle au long de ces deux
principes dans ſon traité d'Iſis & d'Oſiris.

(2) Manichéens, anciens hérétiques, qui
ont pris leur nom de Manez, Perſan de
nation. Cette héréſie commença vers l'an
277, & ſe répandit dans l'Aſie, dans l'A-
frique, & dans l'Egypte. Ce Perſan établiſſait
deux principes, ſavoir un bon & un mauvais.
Le premier qu'il nommait *lumiere*, ne faiſait que du bien ; & le ſecond qu'il appellait
ténébre, ne faiſait que du mal. Les ames
avaient été faites, ſelon Manez, pour le bon
principe, & les corps pour le mauvais. Ces

hypothèfe, nous fommes fujets
à l'influence de deux principes;
l'un nous conduit par le grand
chemin, l'autre nous égare en
nous empêchant de fuivre les tra-
ces de fon adverfaire.

Il n'eft pas impoffible que quelque ancien Philofophe n'ait in-
venté ce fiftême, que pour ré-
foudre les contradictions diverfes
qu'il éprouvait lui-même intérieurement.

Je vous enverrai dans la fuite

deux principes étaient coeternels & indé-
pendans l'un de l'autre. Saint Epiphane, Saint
Auguftin, qui ont été de leur fecte, en ont
parlé beaucoup. Manez ayant entrepris de
guérir le fils du Roi de Perfe qui était malade, ne réuffit pas dans fon entreprife; car
ce jeune Prince mourut Le Roi fit mettre
en prifon cet impofteur, qui s'échappa &
fema fon héréfie. Mais étant retombé entre
les mains du Roi, il le fit écorcher tout vif.
*Voyez Saint Auguftin, dans fon traité des
héréfies. Voyez d'Herbelot, Bibliothèque
Orientale, pag.* ʃ48.

une collection des apothegmes
& des propos de table, que j'ai
entendu prononcer au Doyen en
différentes occasions. Excusez-
moi , si je tombe de tems en
tems dans quelque répétition. Il
est bien difficile de voir souvent
la même personne, sans que les
mêmes pensées & quelquefois les
mêmes expressions ne viennent
se représenter comme d'elles-mêmes. J'espére que vous verrez que
je n'ai eu en vue que la candeur & la vérité , sachant bien
qu'elles s'accordent avec votre
façon de penser. Je continuerai
de vous entretenir des ouvrages
de Swift, & je vous promets de
le faire avec beaucoup de plaisir ;
persuadé qu'il vous sera aussi très-
agréable d'apprendre de mes nouvelles.

LETTRE VIII.

LE premier volume de l'édition de Faulkener contient
un mélange de piéces diverses.
Le premier traité est un discours
sur les divisions arrivées entre
les nobles & les peuples d'Angleterre & d'Irlande. Cette piéce
parut en 1701, vers la fin du
régne de Guillaume III, lorsque
ce Prince était irrité de la violence avec laquelle on avait poursuivi un de ses favoris. Quelque
brillante que parût la couronne
d'Angleterre aux yeux du Prince
d'Orange, elle lui devint une
couronne d'épines dès qu'elle fut
sur sa tête, & elle ne servit qu'à
l'embarrasser. Les plaintes ameres, les menaces cruelles se firent
entendre dans le Parlement; la

haine & les noires furies seme-
rent l'animosité dans toute l'assemblée. Les affaires étrangeres
n'eurent pas un sort plus favorable ; & l'Europe entiere , alors
divisée , était prête à s'embraser,
lorsqu'au commencement de 1701
le Roi Guillaume , dans l'espérance de dissiper cet amas de nuages qui annonçait le tonnerre , fit
plusieurs changemens dans le ministere. Il ôta à quelques-uns de
ses plus fidéles sujets les places
qu'ils occupaient , & les destitua
de leurs dignités. Ce grand changement ne produisit aucun bon
effet. La Chambre des Communes
bien loin de s'appaiser , ralluma sa
haine & fit éclater sa vengeance
en procédant aussitôt contre le
Comte de Porteland , le Lord Somers , le Comte d'Oxford & le
Comte d'Halifax.

　　Ces quatre personnages furent

les plus grands hommes de leur
siécle, & les trois derniers sur-
tout donnerent des marques de
leur valeur & de leur prudence.
Le Lord Somers fut le patron des
Savans en général, & l'ami particulier de Swift. Le Comte d'Oxford fut regardé en quelque façon comme le plus grand Ami-
ral, & celui qu'on chargea avec
le plus de confiance des affaires
de la marine. Le Lord Halifax
avait un génie décidé pour la
poëfie, & il y a employé la plus
grande partie de fa jeuneffe. Il
fut connu fous le nom de Moufc
Montague. Il parodia conjointe-
ment avec Prior ce fameux Poëme de Driden, de la biche &
de la Pantherre : cette parodie
eft une imitation de la fable
d'Horace (1) , connue fous le
nom du rat de ville & du rat

_____
(1) Horace, Satyre VI.

des champs. Elle commence ainſi
dans La Fontaine.

Autrefois le Rat de ville
Invita le Rat des champs,
D'une façon fort civile,
A des reliefs d'ortolans.

PARTIE I. FABLE IX.

Peu de tems après Montague
fut nommé Surintendant des fi-
nances. Prior (1), qui vit ſon
ami avancé & qu'on l'avait oublié, écrivit une lettre en 1618

(1) Prior, célèbre Poëte Anglais, fils d'un
menuiſier, né à Londres en 1664. Il fut envoyé on France en 1711, en qualité de Plé-
nipotentiaire de la Grande-Bretagne, pour
travailler à la paix. Il fut Secretaire d'Etat
d'Irlande, & mourut à Wimpole en 1721.
Dans cette fertile contrée les gens de lettres
& les artiſtes habiles qui ſe diſtinguent par
leurs talens, occupent ſouvent *les premieres
places de l'Etat*

à Flotwood Sheperd Ecuyer, &
lui dit :

« J'ai vu avancer mon ami fans
» en être jaloux, ni fans me
» plaindre. Je n'aurais pas vu
» long-tems avec plaifir qu'une
» fouris eût dequoi manger à fon
» aife, tandis que l'autre mou-
» rait prefque de faim.

Pour peindre le caractere des
quatre Lords, on les fait parai-
tre fous des noms Athéniens. Fo-
cion eft le Comte de Portelande;
Ariftide le Lord Somers; The-
miftocle le Comte d'Oxford; &
Periclès le Comte d'Halifax.
Dans des paralléles de cette forte, il eft affez difficile que chaque circonftance puiffe cadrer
avec une exactitude fcrupuleufe.
Tout ce difcours eft rempli de
connaiffance fur l'hiftoire & de
réflexions excellentes. Il n'y a ni
aigreur, ni indécence. Il y régne

au contraire un ftile plein d'é-
rudition, & fi ce traité n'eft pas
fupérieur à tous fes ouvrages, il
eft au moins égal à la meilleure
de fes piéces.

Après ce difcours fur l'Angleterre & l'Irlande, on en trouve
un autre de 1703, dans lequel
il cenfure le ftile de R. Boile (1).
Swift crut furpaffer fon ftile en
le ridiculifant dans une fatire, où
l'efprit de l'envie s'éléve contre
cet Auteur célébre. Son efprit
cauftique & mordant eft femblable à la faux du tems, qui attaque indifféremment tout ce qu'elle trouve en fon chemin. Mais
Boile fut toujours invulnérable.

Le livre intitulé, Sentimens

(1) Boile, célébre Phificien, né à Lifmore
en Irlande le 25 janvier 1627. Il fit les délices du Roi Jacques & du Roi Guillaume,
qui s'entretenaient fréquemment avec lui:
mort à Londres en 1691.

d'un membre de l'Eglife Anglicane , qui parut en 1708, eft
écrit avec beaucoup de refpect
pour la religion & pour le gouvernement. Le ftile en eft nerveux , & impartial en quelques
endroits. L'Etat de la Hollande
eft fi bien repréfenté & avec tant
de précifion, que je ne puis vous
rendre un meilleur fervice qu'en
vous mettant fous les yeux ce que
l'Auteur a dit de cette Républi-
que. « Ils deviennent tout d'un
» coup Républicains par un effort
» défefpéré, dans un état prefque
» bouleverfé par une mauvaife
» politique. Ils fe replongerent
» de même dans une dure op-
» preffion, qui à la vérité ne fe
» foutint que par accident , au
» milieu des conteftations des
» Puiffances , qui ne purent ni
» ne voulurent s'accorder entre
» elles fur le partage de cette Ré-

» publique ». Ce paſſage mérite
votre attention , & nous confir‧
me dans cette obſervation qui
ſe préſente toujours à nos eſprits ,
que Swift excelle dans toute ſorte
de genre : quand il prend le ton
ſérieux , la fo‧ce de ſon raiſonnement perſuade ; quand il deſcend
au badinage , il ſurpaſſe ſans peine tous ſes rivaux.

Il a répandu dans ce livre un
ſtile vif & ſatirique contre les
prétendus eſprits forts, qui s'efforcent d'anéantir. la religion. Il
jugea qu'un petit diſcours , écrit
avec un eſprit de liberté & de
bonne humeur , ferait à coup ſûr
de plus rapides progrès que de
longs ſermons, ou que des leçons
pénibles & ſeches ſur la morale.
Il s'efforce de nous attacher à la
religion , par les mêmes motifs
qui nous en ont ſouvent dégoû-
tés. Comme vous n'avez pas lu

cet imprimé, je vous en citerai le morceau fuivant.

« Je voudrais bien favoir com-
» ment on peut foutenir que les
» Eglifes ne font pas fréquentées.
» Dans quels endroits cherche-t-
» on plus à paraître avec les pa-
» rures les plus étudiées & les plus
» indécentes ? Que l'on me faffe
» connaître un lieu où on parle
» plus fur toutes fortes d'affaires
» & de bagatelles , où l'on ait
» plus fouvent l'envie de dor-
» mir ?

Les autres petits traités qui fuivent immédiatement celui-là, font remplis d'hiftoriettes. Le Doyen a travaillé fes piéces fugitives avec tant d'art, & il y a mêlé tant d'agrémens, qu'il les a rendues immortelles. On le lira tant que la Langue Anglicane fubfiftera.

On voit enfuite *un projet pour*

*étendre les progrès de la religion
& pour la reformation des mœurs.*
Cet écrit qui parut en 1709 eſt
dédié à la Comteſſe de Bercklai.
Il régne dans cet ouvrage un ſtile
ſérieux, même juſque dans la dédicace, où l'on voit bien qu'il
n'a loué qu'à propos, & que la
Dame à qui elle eſt adreſſée mérite inconteſtablement ſes louanges. Comme cet imprimé eſt une
eſpéce de ſatire; je croirais volontiers que mon ami le Docteur
Swift s'eſt contraint beaucoup en
voulant paraître naturellement
ſérieux, plutôt que de rire à la
ſourdine ſous ſon maſque ordinaire de gravité. Je vous invite
à le lire, & à m'en dire votre
ſentiment; car il me ſemble que
je le vois écrire avec les mains
liées.

Son eſſai critique ſur les facultés de l'eſprit, vous amuſera
auſſi

aussi très-agréablement. La lettre
qu'il a écrite au Comte d'Oxford,
dans laquelle il veut corriger &
perfectionner la langue , aurait
été d'une grande utilité, s'il l'a-
vait faite plus longue & moins
chargée de fades complimens. Il
paraît cependant qu'il avait de-
stiné cette lettre à servir de préface à un grand ouvrage sur cette
matiere, à la tête duquel elle
aurait été sans doute mieux placée. Nous aurions maintenant
grand besoin d'un pareil ouvrage; car notre langue , au lieu
de s'enrichir & de se perfectionner, s'appauvrit de jour en jour.
Nous n'avons aucune regle sure
pour l'ortographe, à présent très-
bisarre & très-incertaine. Nous
parlons, nous écrivons à l'aventure. Si jamais quelqu'un s'avisait
de vouloir écrire comme on parle
communément parmi les gens du

E

grand monde , il ferait fans doute
bien furpris de trouver des fautes
étranges contre la langue, & même
de ces fautes groffieres qui bleffent les gens de goût qui la pof-
fedent parfaitement.

Je crois que nous fommes la
feule nation du monde qui adref-
fe à Dieu des prieres , contraires
aux regles de la grammaire. Je me
fouviens d'avoir entendu dire qu'on
propofa une fois dans une affem-
blée de favans la quéftion fuivante:
favoir fi le mot *Who* (1) était le
même que *Which* (2). Cet exemple peut vous faire voir de combien
de fortes d'hommes les plus ref-
pectables compagnies font quelquefois compofées. Confidérons
à préfent la conduite d'une na-

(1) Who eft un pronom qui ne s'emploie
que pour les êtres animés.
(2) Which eft un pronom qui ne s'emploie
que pour les chofes inanimées.

tion voisine ; nous verrons comment les Français si industrieux & si spirituels ont rafiné leur langue, & à quel point de perfection ils l'ont portée. Rome par ses conquêtes fit de sa langue un dialecte universel. La France par sa politique a presque fait autant que Rome : c'est-à-dire par l'encouragement des arts & des sciences, qui de tout tems ont rendu non seulement une nation plus redoutable que les armes, mais encore plus vertueuse, & plus philosophe que l'ignorance grossiere de nos premiers peres, qui couvrit la terre de crimes.

Rien n'a tant contribué à épurer la langue Française que le noble établissement des académies ; & jusqu'à ce qu'on fasse ici une pareille fondation, ne nous flattons pas de pouvoir corriger les fautes du stile, ni prescrire

E ij

des régles à nos expreſſions. Je
n'héſiterai pas à vous dire que je
crains qu'un pareil projet ne ſoit
pas reçu favorablement des Miniſtres, qui paraiſſent entierement
appliqués à des objets plus importans. Je ſuis perſuadé que ſi à côté
de l'hôpital des fous, on voulait
en conſtruire un ſecond pour l'entretien des hommes ſenſés & ſa-
vans, ce ſerait ſans contredit un
monument très-reſpectable, un
honneur immortel pour notre
ſiécle, & qui procurerait de
grands avantages à nos neveux.

Je l'appelle un hôpital, parceque je ſuppoſe qu'il ſerait conſ-
truit pour l'entretien des hommes
à talens, dont la fortune médiocre & plus ſouvent encore la miſere abſorbent le génie, & les empêchent de travailler pour l'utilité
du public. Je ſuis entierement
du ſentiment d'Ariſtote, lorſqu'il

dit (1) dans ſes préceptes ſur la réthorique, *qu'il eſt difficile dans l'indigence de remplir de grands deſſeins, & de mettre au jour de belles choſes ; qu'il faut alors que le ſecours des amis ou la libéralité des Souverains ſervent à tirer l'eſprit de l'engourdiſſement, dans lequel le jette la miſere.*

Les réflexions qui naiſſent inſenſiblement de ce chapitre, me jettent hors des bornes ordinaires d'une lettre. Il me ſuffira donc de vous dire que l'étude ſeule de votre langue naturelle peut vous former autant que toute autre, pour remplir la place que la providence vous deſtinera.

Ce volume contient encore deux lettres dignes de toute votre

Cùm præclara & magna vix poſſe exequi & præſtare, cui facultates deſunt, quoniam per amicos & civilem potentiam veluti per inſtrumenta neceſſe eſt pleraque affici.

E iij

attention. L'une est adressée à un jeune gentilhomme, entré depuis peu dans les ordres sacrés : l'autre à une jeune Dame sur son mariage. La premiere doit être lue par tous les jeunes Ecclésiastiques des trois Royaumes ; la seconde par toutes les jeunes Dames nouvellement mariées. Ces lettres, qui furent écrites seulement pour de jeunes personnes, ont, de même que tous les autres ouvrages du Docteur, l'avantage d'être à la portée de tout être pensant. Elles contiennent des observations curieuses, qui éclairent l'esprit en l'amusant. Les Théologiens les plus graves peuvent en tirer beaucoup de fruit. Les Dames les plus vertueuses & les plus distinguées, de même que celles qui sont accablées d'une extrême vieillesse, profiteront beaucoup de cette aimable lecture.

Le reftant du volume contient diverfes petites piéces , prefque toutes écrites avec beaucoup de legereté & d'une maniere agréable. Vous rirez beaucoup de l'hiftoire du gazetier. Vous fouhaiterez peut-être que Tatler , qui traite des devoirs de la fociété , & qu'on appelle communément les petites morales , fût entre les mains de tous les Seigneurs d'Angleterre.

LETTRE IX.

NOus voici maintenant , mon cher Hamilton , au fecond volume des ouvrages de Swift , qui eft rempli de diverfes piéces de poëfies courtes & fatiriques. L'ouvrage le plus long que le Docteur a compofé , eft d'une nature extraordinaire. Il

E iv

eſt intitulé, *Cadenus & Vaneſſa.*
On peut dire qu'il a toutes les
qualités d'un poëme excellent,
correct & bien conduit. Le Doyen
avait l'oreille chaſte, très-délica-
te, & beaucoup de ſévérité pour
la rime. Il regardait une rime
plate & négligée, comme un des
plus grands défauts de la poëſie;
cependant la plupart de nos meilleurs poëtes ne s'en ſont pas préſer-
vés. *Dryden* y eſt tombé fréquemment, & *Pope* quelquefois. Le
premier, embarraſſé d'une femme
& obligé de vivre ſous ce péni-
ble engagement, était dans la
cruelle neceſſité de travailler pour
faire ſubſiſter ſa famille. Le ſecond, dans une ſituation plus aiſée & naturellement laborieux,
fut jaloux de ſe faire une grande
réputation; & quoique valétudi-
naire, il ſoutint toujours avec
éclat le poids de ſon mérite, &

ne laiſſa point flétri ſes lauriers :
on peut dire encore que ce grand
homme ne ſera jamais remplacé.
Mais je reviens au poëme de
Swift.

Le véritable nom de Vaneſſa
était *Eſther Vanhomrigh.* Elle
était fille de Baſcht Vanhomrigh ,
négociant d'Amſterdam, qui était
paſſé en Angleterre dans le tems
de la révolution , & qui devint
l'agent du Roi Guillaume. Sa
mere, dont j'ai oublié le nom ,
était née en Irlande d'une baſſe
extraction. Son mari , habile négociant , ramaſſa en peu de tems
par ſes ſoins une ſomme de trois
cent vingt mille livres , qu'il par-
tagea par ſon teſtament avec éga-
lité entre ſa femme & ſes quatre
enfans, qui étaient deux garçons
& deux filles. Après la mort du
pere , les deux fils voyagerent
dans les pays étrangers. L'aîné

E v

mourut au-delà des mers, le ca-
det ne lui furvécut pas long-
tems ; & le bien de ces deux
enfans tomba entierement entre
les mains des deux filles.

La veuve & fes deux filles
aveuglées d'une fortune opulente
quitterent leur patrie qu'elles
haïffaient par un fot orgueil,
pour fatisfaire leur ambition, &
goûter les plaifirs féduifans &
toujours variés de la cour d'Angleterre. Pendant leur féjour à
Londres, elles vécurent avec un
tel faste, qu'elles virent bientôt
la fin de leurs revenus, & furent
réduites à de triftes extrémités.

La veuve mourut au milieu
de cette infortune, & les deux
fœurs retournerent fecretement
en Irlande. Elles partirent exprès un Dimanche matin, pour
éviter les pourfuites d'un Huif-
fier, animal furieux & ennemi

né de l'esprit & de l'enjouement.
Deux ans après leur arrivée en
Irlande, la cadete mourut, &
Vaneſſa borna toute ſon ambi-
tion aux triſtes reſtes d'une for-
tune délabrée.

La vanité fait d'étranges ra-
vages dans le cœur d'une femme :
elle en chaſſe auſſitôt la modeſ-
tie : peu à peu elle lui fait abandonner la vertu ; & déja prête à
tout ſacrifier pour ſe ſatisfaire,
elle ſe précipite ſans honte dans
les bras de la volupté, & chaque
jour voit accroître ſes vices.

La peinture fidéle que Cadenus nous a faite de ſon caractère, nous fait voir qu'elle était
paſſionnée à l'excès pour les aju-
ſtemens : contente & jalouſe de
l'admiration du public : minau-
diere enjouée ; affectant dans ſon
langage, comme dans toutes ſes
autres actions, un air précieux ;

E vj

ambitieuſe de paſſer pour bel
eſprit à quelque prix que ce fût;
& pour en avoir le nom, elle
affectait de rechercher la ſociété
des perſonnes qui ſe piquaient
de le mériter. Avec tant de ridicules ſans être belle, elle ſe
croyait au - deſſus de ſon ſexe;
liſant beaucoup, admiratrice de
la poëſie, & charmée de paſſer
pour la maîtreſſe de Swift, dans
l'intention de devenir un jour ſa
femme.

A tous ces caprices elle joignait un naturel arrogant & in-
ſupportable, regardant avec dé-
dain les perſonnes qui lui étaient
inferieures, & ſes égales avec
un air de complaiſance; mais
elle employa avec le Doyen tout
le manége de la coquetterie,
comme vous pouvez le voir par
ce qui ſuit.

« Vaneſſa eſtimait beaucoup les

» ouvrages de Cadenus, à cauſe
» de l'abondance d'eſprit qui y eſt
» répandu. Un jour tenant en
» main un volume de ſes poëſies;
» Cupidon, cet enfant des plai-
» ſirs, toujours aux aguets pour
» ſurprendre les cœurs amoureux,
» lui décocha adroitement une
» de ſes fléches ardentes avec tant
» de force, qu'elle perça le min-
» ce volume, lui bleſſa le ſein,
» & porta dans ſon cœur une ſi
» vive douleur, qu'elle la jetta
» à l'inſtant dans une ſombre rê-
» verie, où Vaneſſa, à peine âgée
» de vingt ans, s'imagina dans
» ſon délire être vieillie & avoir
» perdu la vue par ſes grandes
» lectures, appercevant dans la
» perſonne de Cadenus un jeune
» Adonis, qui la raviſſait par les
» charmes de ſa figure & de ſa
» voix.

Ce poëme parut en l'année

1713 , tems où le Docteur Swift,
était dans sa brillante réputation,
favorisé des courtisans, flatté,
craint, & admiré des plus grands
hommes du Royaume. On voit
par le fragment que j'ai rappor-
té , que Vanessa , frappée d'abord
du bruit éclatant de la renommée
de Cadenus , affecta de paraître
éprise de sa personne. Ses premieres pensées poursuivaient un
fantôme, & sa derniere passion,
la portait à quelque chose de
plus réel & de plus solide. La
maniere avec laquelle elle lui dé-
clara son amour, est décrite ainsi
poëtiquement.

« Vanessa avoua l'égarement de
» ses folles pensées. Elle ne se
» souvint que trop à ses dépens
» des leçons de Cadnus, & des
» tristes effets que ses maximes
» avaient produits sur elle. Il lui
» avait dit souvent que la vertu

» ne perd jamais son éclat, quand
» même elle nous forcerait à ré-
» véler les secrets les plus cachés
» de notre cœur à nos plus cruels
» ennemis, & qu'une personne
» d'un esprit aussi élevé que le
» sien se serait avilie à se laisser
» diriger par un homme ordi-
» naire. Mépriser le vulgaire &
» vous confier mes secrets, c'est
» en moi, reprit la Nymphe,
» l'effet de vos sages préceptes.
» Mes actions lui étaient déja
» conformes, & vos entretiens
» me prouvent autant que vos
» écrits combien les gens d'esprit
» font dangereux. Vous m'avez
» fourni des armes pour me dé-
» fendre de leurs charmes, mais
» elles n'étaient point assez fortes
» contre vous ; & vos leçons qui
» ne tendaient qu'à m'instruire,
» furent des traits qui percerent
» mon cœur.

Tel fut le fruit des progrès que
Vaneſſa fit dans la philoſophie
par les inſtructions de Cadenus.
Les préceptes de ce maître ingénieux étaient réellement extraordinaires ; car il l'aſſurait ſans ceſſe
que quand le vice brave la honte, il devient enſuite une vertu.
Il eſt bien rare que les perſonnes d'un eſprit ſupérieur s'aſſer-
viſſent aux régles ordinaires. Vaneſſa, qui prêtait une oreille attentive aux leçons inſinuantes de
la philoſophie, & aux maximes
de Cadenus qui quadraient parfaitement avec la hauteur de ſon
eſprit, s'imaginait que ſi la théorie était ſi charmante, la pratique devait être encore plus déli-
cieuſe. L'union de l'ame & du
corps ſemblait être aux yeux d'u-
ne femme philoſophe une ſource
de plaiſirs inexprimables. L'ame
n'a pas plus de droit de goûter

les plaisirs des sens que le corps.
La nature, disait Vanessa, abhorre le vuide, & on doit toujours obéir à sa voix. Elle com-
muniqua ses idées à son maître,
qui feignit de la comprendre &
d'entendre des raisonnemens qui
étaient nés dans son école. Il lui
répondit d'une maniere vague. Il
ne l'entretint que de l'amitié, de
l'estime, des délices de la raison,
& de la vertu ; & ensuite il lui
débita quelques maximes hardies
sur la chasteté.

Une conduite si bisarre dans
Cadenus fit croire à Vanessa qu'elle provenait plûtôt de quelques
imperfections naturelles, que des
scrupules d'une conscience timo-
rée. Une telle supposition paraîtra toujours plus extraordinaire,
si nous considérons l'indifférence
dont Swift vécut avec Stella après
son mariage : ce qui me rappelle

un paffage qui femble confirmer
ce foupçon ; & dans lequel il in-
finue adroitement la caufe de
cette indifférence, autant pour
mettre à l'abri la réputation de
Vaneffa, que pour fauver la fien-
ne propre.

« Vaneffa aimait à goûter l'af-
» faifonnement du myftère, &
» fes avantures galantes feront
» toujours cachées aux yeux du
» public. Soit que la Nymphe,
» pour plaire davantage à fon
» berger, lui parle le langage de
» l'amour ; foit qu'elle y mêle ce-
» lui de la philofophie pour ren-
» dre leurs plaifirs plus doux,
» c'eft ce que ma mufe difcrete
» n'apprendra jamais à perfonne.

Je blâmerai toute ma vie le
Doyen d'avoir peint fi librement,
& avec des couleurs fi frappantes,
ce qu'il aurait dû fe cacher à lui-
même.

Vaneffa, peu de tems après la mort de fa fœur, fe retira à *Seldbrige*, dans une petite maifon que fon pere avait achetée à dix ou douze mille de Dublin. La haine & les noirs chagrins furent les feuls compagnons de fa folitude. La médiocrité de fa fortune & la perte de fa réputation contribuerent à la rendre plus malheureufe, & augmenterent les difpofitions frénétiques de fon efprit. Elle refta plufieurs années dans cette trifte fituation, pendant laquelle Swift lui rendit des vifites affez fréquentes. Comme leurs converfations fe paffaient fans témoins, elles feront à jamais ignorées du public. Il eft certain qu'en général elle le preffa vivement de l'époufer. Les réponfes de Swift à ce fujet, étaient plutôt des détours adroits qu'un refus décidé. Laffe enfin de porter si long-tems le fardeau accablant de ses ennuis & de ses turbulentes passions, elle lui écrivit une lettre très-tendre, dans laquelle elle lui demandait une réponse prompte & favorable, ou un refus net & formel. Swift fut le porteur de sa réponse. Il jetta la lettre sur la table d'un air mécontent, & remonta brusquement à cheval en lui laissant appercevoir les marques d'indignation qui étaient peintes sur son visage.

Le Docteur Swift avait naturellement un air de sévérité, que ses souris les plus gracieux pouvaient à peine adoucir. Mais quand il était réellement en colere, il était presqu'impossible de le regarder sans frayeur. Vanessa, qui connaissait bien son humeur, comprit aussitôt par son air ce que la lettre pouvait contenir;

elle la lut avec autant de tranquillité, que l'état de son cœur
& sa fierté pouvaient le lui permettre. Elle vit qu'elle avait perdu sans ressource l'amitié de
Swift, qu'il avait regardé ses de-
mandes avec mépris. Elle trouva
dans cette lettre fatale, au lieu
des marques qu'elle attendait
d'un amour constant, des reproches injurieux; & de la tyrannie,
au lieu d'affection.

Vanessa avait négligé trop
long-tems les utiles leçons de la
vertu, qui seules dans cette ex-
trémité auraient pu la soutenir
& la consoler. Sourde à sa voix,
elle préféra à la religion l'esprit
de débauche, qui troubla entié-
rement son repos, & la laissa en
proie à ses chagrins devorans.
Semblable à Didon (1) qui ne

(1) *Tum verò infelix fatis exterrita Dido*
Mortem orat : tædet cæli convexa tueri.

pouvant plus supporter la rigueur de son sort, appelle la mort à son secours, lasse de jouir de la céleste clarté.

Elle ne survécut que peu de jours après la lettre reçue. Mais durant le court intervale, elle revoqua le testament qu'elle avait fait en faveur de Swift ; & par un second elle laissa son bien; qu'elle avait rétabli par son œconomie & par sa longue retraite, à M. Berclai Evêque de Cheine, & à M. Marshal, Avocat du Roi. Elle aimait le premier à cause de son grand génie ; & le second, non à cause qu'il était son parent, mais pour son bon caractère. Elle choisit probablement le premier pour mortifier le Docteur Swift, en lui faisant voir que dans ses derniers momens, elle lui avait préféré un étranger.

Ainsi périt misérablement Es-

ther Vanhomrig, après avoir paffé une vie pleine d'amertumes,
& éprouvé ce que l'adverfité a
de plus cruel pour une femme
efclave de fes faibleffes.

Il me refte à peine affez d'efpace dans ma lettre, pour placer
le nom de votre pere, Orreri.

LETTRE X.

MON CHER HAMILTON;

Vous me paraiffez fi content
des remarques que j'ai faites fur
Vaneffa, & vous avez témoignez
une fi grande fatisfaction de mon
recit concernant Stella, que probablement vous voudriez que
Swift eût eu autant de femmes
que Salomon, pour me donner
l'occafion de vous faire tous les

jours une histoire galante. Il est
vrai que mon ami le Docteur fré-
quenta le beau sexe ; mais il en
fit plutôt son amusement que son
admiration. Il conversait souvent
avec les Dames, & il a rempli
plusieurs pages de leurs louanges.
Les charmes de son esprit lui acquirent le titre d'amant sans le
moindre secours du cœur. Il joignait aux agrémens de l'esprit une
fierté indomptable, soutenue par
le caractère de son génie, & par
une indifférence naturelle. Vanessa dut la perte de sa réputation à ces étranges effets ; & Stella
vécut avec la douleur d'être sa
femme sans en porter le nom.
Si nous examinons soigneusement
Swift par rapport aux femmes,
nous verrons qu'il s'amusait beaucoup plus de leurs charmes que
de leur personne. Dans ses des-
criptions amoureuses il leur parlait

lait plus le langage de l'affectation, que celui du cœur. Quand il s'est avisé de peindre quelque beauté, ç'a été avec des couleurs si sombres, sans goût, sans expression, & sans graces. Si vous relisez plusieurs de ses piéces adressées à Stella, vous y trouverez plus d'affection que de desir, plus d'amitié que d'amour. Témoin cet endroit.

« Vous aviez déja passé le printems de vos charmes, lorsque pour vous, aimable Stella, j'ai formé sur ma lyre de tendres accords. Je ne dois plus vous rappeller ni les blessures reçues des fléches de Cupidon, ni les agaceries aimables, ni le langage amoureux de vos beaux yeux. Permettez - moi d'être toujours de vos amis ; mais pardonnez-moi si je me dérobe à l'amour ». La plupart des piéces

F

de Swift adreſſées à Stella ſont une répétition d'images variées, où il s'excuſe de n'avoir pas eu d'amour pour elle.

Dans les éditions des œuvres de Swift on a non ſeulement mêlé les ſujets & tranſpoſé les dattes, mais la plupart de ces éditions ſont défigurées & remplies de puérilités. Il y a auſſi quelques ſatires perſonnelles, & conſé-quemment peu amuſantes. Telles piéces qui pourraient nous amu-ſer agréablement, ont un mer-veilleux ſi propre à l'Auteur, qu'on n'a jamais pu les bien en-tendre. Si nous faiſons un exa-men général des divers genres de ſes poëſies, comme de tous ſes autres ouvrages, nous trou-verons par-tout un génie ſurpre-nant & biſarre, une imagination féconde, des idées vives, des deſcriptions fleuries, & une ai-

greur exceffive dans fes fatires.
Son imagination inquiéte & agi-
tée par fa grande ambition qu'il
ne pouvait fatisfaire, l'a empêché
d'entreprendre aucun ouvrage en
vers d'une longue haleine. Né
également pour la fatire & pour
la louange, fon efprit était propre à tous les genres : tantôt il
paraît comme un aigle enchaîné
au milieu des airs : tantôt il bri-
fe fes chaînes & s'amufe à répandre un fiel ingénieux fur ces in-
fectes de la littérature, qui bour-
donnaient fans ceffe autour de
lui.

Après avoir lu le volume de
fes poëfies, je l'ai confidéré comme un hieroglyphe Egyptien, qui,
fous une apparence énigmatique
& fouvent indécente, renferme
des leçons de fageffe & fouvent
une morale profonde. Les fujets
de fes piéces font ennuyeux, &

l'exécution péche par d'agréables
défauts. Swift condamna les graces apprêtées dont les Dames se
servent pour parer leur beauté naturelle , comme une chose qui
choque la décence.

Il avait ses raisons pour s'irriter
contre cet usage. Il l'a bien fait
voir dans le portrait qu'il a fait
de sa Célie avec les plus noires
couleurs, pour cacher aux yeux
des jeunes gens sans expérience
les attraits éclatans d'une mortelle si attrayante , qui lui auraient
attiré les hommages dûs à une
Déesse. Mais quelque bonnes
que soient ses raisons, il est con-
damnable d'avoir parlé sans ménagement de ce sexe aimable,
fait pour nous plaire , & qui en
récompense mérite nos soins les
plus assidus.

Les désagrémens sans nombre
que Swift s'attira dans sa jeunesse,

le jetterent dans une misantropie farouche. S'il avait eu l'esprit plus content & plus égal, je crois qu'il aurait regardé les beautés de la nature avec un œil plus tranquille. Par-là il aurait conservé l'usage de sa raison jusqu'au dernier instant de sa vie, pour laquelle Horace suppliait tant Apollon.

O secourable Apollon, je te prie du plus profond de mon ame de me faire jouir de toutes les douceurs de la vie, & ne permets pas que je traîne une honteuse vieillesse, & que je manque jamais de lyre ! (1)

Je crois vous avoit dit qu'il était si orgueilleux, qu'il accorda à peine quelques marques d'ami-

(1) *Frui paratis & valido mihi*
Latoe dones, & precor integrâ
Cum mente ; nec turpem senectam
Degere, nec cytharâ carentem.

tié à ceux qui lui plaisaient, où
qui lui faisaient honneur. Nous
devons plusieurs de ses poësies à
ces deux différentes classes d'hommes, dont le nom est fréquemment répété dans les piéces adressées à Stella, ou dans d'autres où
il les a immortalisés. Il a traité
ses amis suivant leur rang, avec
un stile proportionné à leur élévation. Il a mêlé beaucoup d'esprit & de noblesse & un stile délicat dans les piéces adressées au
Comte d'Oxford, au Milord Pe-
terbowough, à Carteret, à Pult-
neig. Je crois que je puis en ajouter deux autres; l'une adressée à
la Comtesse de Winchelsca; l'autre à Bridy Fleyde. Ces grands
noms le mirent en réputation, &
toute la gloire tourna à son avantage. Je n'ai jamais vu aucun vers
en l'honneur du Milord Boling-
brokc, son généreux défenseur.

Je crois qu'il a gardé un silence profond sur cet article, comme Virgile a fait en vers Horace, sans en laisser soupçonner la cause.

Il est aisé de voir les différens stiles qu'il a employés dans les piéces adressées à Pope, à Gay, à Delany, & à Young. Il écrivait à ces quatre derniers d'un stile familier, naturel & rempli d'affection : aussi c'étaient ses amis intimes, avec lesquels il désirait de descendre dans le royaume sombre.

Je viens de jetter les yeux sur un poëme intitulé, la Mort & Daphné, qui me rappelle une aventure relative à Stella. Swift, peu de tems après notre connaissance, m'introduisit chez elle. Après une demi-heure de conversation, elle me demanda si j'avais vu le poëme du Docteur

fur la Mort & Daphné. Comme
je lui répondis que je ne le con-
naiffais pas, elle entra fur le
champ dans fon cabinet, & m'ap-
porta le manufcrit dont elle me
fit la lecture. Pendant tout ce
tems le Doyen corrigea fa mauvaife prononciation, & les faux
tons qu'elle donnait en lifant.
Auffitôt qu'elle eut achevé, elle
me dit en badinant que le portrait de Daphné (1) était fait fur
elle. Je la priai de me difpenfer de
le croire. Je lui proreftai que je ne
voyais pas le moindre trait qui
lui reffemblât. Le Doyen, en éclatant de rire, me dit : Vous croyez
faire votre cour à Madame en lui
parlant ainfi ; mais vous vous
trompez. Madame a mieux aimé
être une Daphné peïnte de ma
main, qu'une Sachaciffa par un

(1) Daphné, fille du Fleuve Peniée, & maî-
treffe d'Apollon.

autre. Stella me confirma avec vivacité ce que le Doyen m'avait dit. De forte que je n'eus d'autre moyen pour réparer ma faute, que de lui dire à l'oreille, en la conduifant pour dîner : *Madame, j'ai trouvé fa main féche & froide comme du marbre.*

Vous voyez par-là le pouvoir que Swift avait fur le fexe. Vous rirez fans doute beaucoup en apprenant que fa maifon était une académie de femmes, qui l'écoutaient depuis le matin jufqu'au foir avec une patience & une affiduité fans exemple, & qu'on n'aurait pas eu pour l'amant le plus redouté, fût-ce le Grand Seigneur.

Le Docteur fut redevable aux Dames de la publication de fes vers ; fans elles ils n'auraient jamais vu le jour. Auffitôt qu'il avait achevé quelque piéce, il

F v

la communiquait à fon fénat fé-
mele, qui décidait fur le champ
& en prenait copie. Swift, naturellement fédentaire, travaillait
beaucoup, & aucune de fes aréo-
pagiftes n'ofait l'interrompre. Il
congédiait fans façon fes gens,
& fur-tout les importuns.

Jamais il n'a été fi flatté ni fi
bien obéi dans fes commande-
mens; auffi le pouvoir defpotique l'aveuglait fouvent, lui faifait lâcher la bride à fes paffions,
lorfqu'il aurait dû les retenir dans
des bornes étroites. Je fuis fâché
de voir qu'il a facrifié quelquefois des nations entieres à fon
reffentiment. Des réflexions de
cette nature ne méritent pas la
moindre juftification.

Vous lirez fon *Acerrima* avec
mépris, & fon *Minutiæ* avec
chagrin; mais je puis dire que,
quoiqu'il ait traité des fujets bas,

il a toujours conservé beaucoup de délicatesse dans sa versification. Ses expressions & ses pensées sont plus serrées que dans aucun Auteur de ce genre. Titien (1), jettant sur la toile des traits qui peuvent avoir été répréhensibles, est moins coupable que Swift composant des énigmes, qui le feront à jamais connaître pour un satirique.

Vous trouverez à la fin du volume deux traités latins : le premier est une Epître à Sheridan : le second une description des rochers de Carberi en Irlande. Le

(1) Titien, peintre très-célébre, né à Cador dans le Frioul en 1477, mort en 1576, âgé de 99 ans. Tous les Souverains de l'Europe ambitionnaient d'être peints de la main de ce grand homme, qui fut comblé de leurs libéralités. Le Roi posséde plusieurs tableaux de ce grand maître ; il y en a aussi au Palais Royal.

F vj

Doyen était extrêmement jaloux
que ces deux piéces latines fuffent imprimées parmi fes ouvrages. Il a eu plus de vanité d'avoir fait ces deux traités, que de tous fes autres ouvrages Anglais. On dit que Milton préféra le Paradis reconquis
au Paradis perdu. Je ne crois pas
qu'il foit poffible de pardonner
cette préférence. Swift n'eft pas
dans le même cas. Quoiqu'il fçût
parfaitement le Latin, il n'était
pas bon Poëte en cette langue.
Si les rochers de Carberi & l'E-
pître à Sheridan avaient été la
production d'un autre, elles auraient effuyé une critique rigou-
reufe de la part du Doyen. Je
finis ici le volume de fes poëfies, qui infenfiblement m'a fait
écrire une lettre plus longue que
je n'avais intention de la faire.
Adieu, mon cher Hamilton.

Soyez toujours vertueux, & li-
sez souvent Horace.

LETTRE XI.

LE troisiéme volume des ouvrages de Swift contient les
voyages de Guliver dans les pays
étrangers : savoir, à Liliput, à
Brodignac, à Laputa, & au pays
des Houghnms. Il a semé dans
ces voyages une morale politique, dans laquelle il semble avoir
déployé toute la force de son
génie & toute la subtilité de son
esprit.

Il représente les habitans de
Liliput comme réfléchis dans un
miroir convexe, qui les rend
d'une très-petite taille ; & les
habitans de Brodignac, par l'effet
d'un miroir concave, deviennent
d'une taille gigantesque & mon-

ſtrueuſe. Dans Liliput on voit
une quantité de petits inſectes
ſous une forme humaine, enga-
gés ridiculement dans des affaires
d'une grande importance. A Brodignac on voit des monſtres d'une
groſſeur énorme employés à des
babioles.

Guliver obſerve avec une attention ſcrupuleuſe la juſte proportion des divers objets ainſi di-
minués & aggrandis. Il s'amuſe
trop ſur ces ruſes optiques, &
laſſe l'eſprit par de fréquentes
répétitions. Il exerce librement
ſa verve en certains endroits,
où il me ſemble attaquer la religion.

Dans la deſcription de Liliput
il n'a en vue que l'Angleterre.
Celle de Blefuſca regarde la France : il n'a pas continué long-tems
ſon badinage ſur ces deux riva-
les. Il lance à propos des traits

satiriques sur plusieurs abus de notre gouvernement. Dans le sixiéme chapitre de son voyage de Brodignac, il a un détail (1) de l'état général de l'Europe rempli d'observations curieuses, mais détrempées avec le fiel qui coulait naturellement de sa plume. Il est irrité des procédés des Cours de Justice ; il se plaint d'être presque ruiné par un procès, qu'il gagna à la Chancelerie à force d'argent. On sait que de pareils exemples sont fréquens dans nos tribunaux, Mais ils ne nous autorisent pas à détruire l'esprit de nos loix bonnes dans leurs principes. Ce jugement fut pour lui du vin d'absynthe, qui se ferait changé en vinaigre à force

_____

(1) Ce Roman ingénieux a été traduit en Français, ainsi que le Conte du Tonneau ; mais tous les deux sont défigurés ; & l'on ne peut goûter de vrai plaisir, qu'en les lisant en Anglais.

d'être gardé. Le Chancelier Bacon dit qu'il vaut mieux mourir fubitement d'une main ennemie, que de languir empoifonné par un traître.

Le feptiéme chapitre de Brodignac contient une fatire fur la ftructure de l'efpéce humaine. On voit par-là que l'Auteur ne voulait pas laiffer échapper la moindre occafion d'avilir & de ridiculifer notre efpéce.

Il fe préfente ici naturellement une réflexion qui me fait admirer & reconnaître la fageffe de la divine providence. Swift, ce grand génie, cet efprit univerfel qui avait pris à tâche de fe moquer de tout l'univers, a fouffert fur fes vieux jours tout ce que l'adverfité a de plus cruel, & toutes les infirmités, aufquelles la nature humaine eft fujette. Un tel exemple devrait bien rabaiffer notre orgueil.

Les Liliputiens & les Brodi-
gniens fourniſſent des aventures
ſi ridicules , qu'Héraclite , ce
Philoſophe ténébreux , tout pleu-
reur qu'il était , en eût ri à gorge
déployée. Il y a beaucoup de délicateſſe & une narration agréable. Il a répandu pluſieurs traits
de ſatire ſur toutes les parties
répréhenſibles de notre gouvernement. Dans d'autres il ſemble
avoir eu en vue quelques particuliers. Les obſervations que Guliver fait ſur l'éducation , ainſi
que ſes progrès dans les inſtitu-
tions de Licurgue , ſont très utiles. En liſant les deux premieres
parties de ces ouvrages , je crois
que vous trouverez une grande
reſſemblance entre certains paſſa-
ges de Guliver à Liliput , avec le
roman de Cirano de Bergerac ,
Français d'un grand eſprit &
d'un génie tranſcendant : il reſ-

femblait à Swift. Cirano ne connut pas le prix & les avantages que l'on retire des fciences. Il avait une imagination vive, agréable, & il a introduit dans fon Roman philofophique le fiftême de Defcartes, où fe trouvent des traits fatiriques contre les Philofophes & les Aftronomes de fon fiécle. Le Doyen a fuivi fon exemple en quelques endroits.

Guliver (1), dans fon voyage à Liliput, a parlé indécemment de la réfurrection, qui eft un des dogmes capitaux de la religion chrétienne. Pourquoi la réfurrection ferait - elle refufée à l'homme ? ou pourquoi paraîtrait-elle fi extraordinaire en elle-mê-

(1) Ce Roman ingénieux a été traduit en Français par l'Abbé des Fontaines, qui, trop jeune alors, eft convenu depuis de la faibleffe de fa traduction.

me? tandis que dans les végétaux
la femence meurt & fe corrompt
avant qu'elle puiffe fe reproduire
avec la même beauté qu'elle avait
fous la forme d'une plante. Mais
je m'apperçois que je fors de ma
fphere. Permettez-moi d'achever
l'analyfe des voyages de Guliver,
dont la conclufion, je veux dire
la fuite de Guliver à Brodignac,
contient une fatire agréable. Je
fuis, mon cher Hamilton, autant
par devoir que par inclination,
votre meilleur ami, Orreri.

LETTRE XII.

MON CHER HAMILTON,

La troifiéme partie des voyages
de Guliver roule en général fur
les Chimiftes, fur les Mathéma-

ticiens, & fur les hommes à projets.

Swift favait peu les Mathématiques; & il était prevénu contre
elles, dès qu'il réfléchiffait fur
les étranges effets qu'elles produi-
fent dans ceux qui s'appliquent
trop à cette fcience. Pour moi,
je ne trouve aucune partie de la
littérature qui ait donné plus de
force à l'efprit, & qui ait procuré de fi grands avantages aux
hommes, que les différentes
branches de cette fcience com-
prifes fous le nom de Mathéma-
tique. L'abus de cette étude, les
recherches folles & inutiles font
à la vérité de vrais fujets de fatire. Car toute fcience devient
une folie, lorfqu'elle s'écarte de
fon objet. Mais les démonftra-
tions fcientifiques font claires,
quand elles peuvent s'appliquer
aux befoins de la vie, & lorfque

fans aucune chaîne elles peuvent fe dégager librement ; femblables à une conftitution faine., elles deviennent plus fortes par l'ali- ment qm'elles ont pris, pourvu qu'elles ne foient point embarraf- fées par la fatigue de la digeftion.

Le Lord Bacon a fait voir clai- rement l'inutilité des progrès de quelques pédans orgueilleux dans cette fcience, & leur témérité à nous donner des régles géné- rales pour des maximes arbitrai- res, ou pour des expériences ha- fardées. Swift a fuivi différem- ment le même plan. Il a traité fon fujet d'une maniere comi- que, & par conféquent plus amu- fante. Le fiel (1) de la fatire corrige quelquefois les plus grands défauts avec plus de force & plus d'avan- tage, que la plus févere morale.

(1) . . . . . . *Ridiculum acri*
Fortiùs ac meliùs magnas plerumque fecat res.

Il ne ferait pas raifonnable de condamner les expériences utiles & leurs juftes applications ; mais il eft bon de ridiculifer les folles entreprifes & les productions bifarres de certains téméraires. Ceux-ci font femblables à Ixion qui, ayant embraffé une nue au lieu d'une Déeffe, infecta le monde de Centaures ; tandis que Jupiter dans les bras de Junon & d'Alcmene, décora l'univers d'un Hébé & d'un Hercule.

Quelque étranges que foient les defcriptions de l'Ifle volante, ainfi que les mœurs & les projets divers des Philofophes de Legado, c'eft un tableau rempli de beautés voilées avec beaucoup d'art & d'efprit. C'eft précifément une fatire fur les Aftronomes, & fur les Mathématiciens qui fe font tellement adonnés aux aftres, qu'ils ont négligé leur fortune & oublié leur patrie, pour connaître l'œconomie & l'ordre du monde planettaire. Si l'on examine attentivement le Roman de Swift, on verra qu'il a eu pour but de prouver que les découvertes philofophiques, qui femblent être à préfent connues aux favans, font encore très-incertaines, & qu'elles feront peut-être un jour auffi décriées que les axiomes d'Ariftote le font aujourd'hui. Les principes d'Ifac Newton pourront dans la fuite des tems tomber dans l'oubli. Il eft une mode en Philofophie comme en toute autre chofe. Les raifonnemens des quelques Philofophes ont fans doute des fondemens plus folides que les raifonnemens de quelques autres : mais je penfe comme Swift, que la Philofophie la plus fuivie jufqu'à préfent n'a pas expliqué beaucoup de difficultés qui se rencontrent dans les phénomènes de la nature. Je veux bien croire que Dieu nous a voulu cacher absolument la connaissance parfaite de plusieurs points de la Philosophie ; de sorte que nous n'arriverons jamais à cette perfection, quoique nous osions nous flatter d'y avoir déja atteint : en sorte que nous pouvons dire avec Cicéron :

Dans toutes choses, & sur-tout dans les connaissances de la Physique , je vous dirais plutôt ce qui n'est pas que ce qui est (1).

Le projet que Swift a imaginé de faire une méthode commode & facile, avec laquelle on pourrait écrire un traité sur chaque science , par le moyen d'un in-

(1) *Omnibus ferè in rebus , & maximè in physicis , quid non sit citiùs , quàm quid sit , dixerim.*

strument

ſtrument, eſt une ſatire ingé-
nieuſe. Elle s'adreſſe préciſément
à ces Auteurs, qui, au lieu d'é-
crire de leur propre fonds, s'a-
viſent de faire de mauvaiſes com-
pilations par le ſecours des dic-
tionnaires & de tous les lieux
communs ; en ſorte que ni les
pieds ni la tête ne ſe rapportent
pas au reſte du corps (1).

Le projet d'abréger le diſcours
en réduiſant les polyſyllabes, &
en omettant les verbes & les par-
ticipes, fronde un abus de la
Langue Angloiſe, dont le dialecte eſt naturellement rude &
s'augmente encore tous les jours.
Comme Swift était ſcrupuleux
ſur la prononciation de ſa Langue, il n'a jamais rien laiſſé échapper qui pût lui bleſſer l'oreille :
je me ſouviens d'avoir vu un di-

---

(1) ———— Ut nec res, nec caput uni
Reddatur formæ. Hor. Art. Poët.

G

ctionnaire manufcrit, qu'il avait fait des mots durs pour l'ufage de fes Académiciennes.

Dans le fixiéme chapitre, il a répandu un fiel ingénieux, mêlé d'un peu trop d'aigreur : tantôt contre les Magiftrats & contre certains politiques : tantôt contre les femmes ; & fa fatire un peu trop libre a defcendu quelquefois jufqu'à la baffe plaifanterie.

Il doit toujours régner dans la fatire un efprit de candeur ; finon le fel dont elle eft affaifonnée, eft hors d'œuvre & perd tout fon prix. Les peintures qui bleffent notre délicateffe, ne font que des effets paffagers fur nos efprits ; elles nous offenfent même & nous révoltent. Je n'examine pas ici fi l'efprit, le fentiment, & la morale doivent paraître fous des dehors fi odieux. Je fuis fâché de voir que Swift ait entremêlé ſes ouvrages de ſemblables piéces, qui cependant ne paraiſſent pas avoir été faites à deſſein, ni dans de mauvaiſes vues. Je crois volontiers que c'eſt plutôt par une diſpoſition natu-relle, à laquelle il ne pouvait ſe refuſer.

Guliver finit ſon voyage à La-puta d'une maniere négligée & à la hâte : ce qui me fait croire que s'ennuyant lui-même il l'é-crivait auſſi vîte qu'il pouvait pour s'en débarraſſer. Autrement je ne comprens pas pourquoi il nous a laiſſé en ſi beau chemin ; ou pourquoi il aurait voulu nous priver de la ſcène curieuſe où le Gouverneur de l'Ile de Glubdu-rig, ſavant Nécromancien, de-vait nous faire paraître des reve-nans. Je n'ai pas le tems de vous dire tout ce que je penſe ſur ce ſujet, qui réveille ma curioſité

fans la fatisfaire. J'ai vu à regret
difparaître fi promptement tant
d'illuftres morts, dont plufieurs
tiennent un rang diftingué dans
l'hiftoire. Dans ma lettre prochaine, je tâcherai de les rete-
nir plus long‑tems dans les
champs de Leicefter, que *Swift*
ne leur a permis de refter dans
l'Ifle des Sorciers.

Je fuis, mon cher Hamilton,
votre affectionné pere, Orreri.

———

LETTRE XIII.

MON CHER HAMILTON,

Je crois qu'il eft affez difficile
de pénétrer quel a été le deffein
du Docteur *Swift*, en faifant
parler des fpectres, dont la conduite & les entretiens font d'auffi

peu de conféquence, que les re-
venans des farces de Gai. Swift
a eu fans doute en vue d'attaquer
la conduite de quelques perfonnes qui avaient été en place,
pour faire paffer leurs noms à la
poftérité, & de les dépouiller des
noires couleurs, fous lefquelles
elles avaient paru autrefois. Si
fes intentions ont été telles, il
a manqué fon objet. Sa difpofi-
tion naturelle à la râillerie, l'a
entraîné fi loin, que la morale,
qui devait naître d'une telle fable, eft entierement enfévelie
dans l'obfcurité.

Alexandre le Grand eft la premiere ombre qui paraît fur la
fcène. Guliver nous ayant fait
entendre que le vrai fpectre Grec
avait été perdu, le conquérant
de l'Afie déclare à fon honneur
qu'il eft mort d'un excès de vin,
& non par le poifon. Voilà une

G iij

observation très-inutile ; vu que
le fantôme paraît dans le même
équipage qu'il était à la tête de
fon armée, précifément après la
bataille d'Arbelles. Je vous avoue
que je conçus de grandes efpérances au récit d'un fait fi important. Je défirai ardemment dé
le voir paraître après cette bataille. Les marques de compaffion
& de générofité, qu'il fit éclater
envers la famille de Darius, font
des actions héroïques dignes de
la poftérité. On trouve encore
beaucoup de traits à fon honneur.
Son regard bienfaifant fur Pin-
dare, en épargnant la maifon de
ce Poëte lorfqu'il rafa la ville de
Thèbes, femble mériter une reconnaiffance perpétuelle de tous
les Poëtes à venir. Sa vifite au
tombeau d'Achilles, l'amitié qu'il
eut pour Ariftote, la confiance
qu'il eut en fon Médecin, font

des preuves suffisantes de l'humanité d'Alexandre. Mais quand nous considérons les débauches dans lesquelles il est tombé, nous voyons combien l'empire des passions est à craindre pour nous lorsqu'elles nous gouvernent, puisqu'elles ont changé les qualités du cœur du plus grands des hommes.

Dès que nos mœurs se corrompent, nos qualités sont avilies par nos propres défauts (1).

Il est évident, mon cher Hamilton, que Swift avait conçu une aversion étrange pour Alexandre; puisqu'il cherche à le rabaisser d'une maniere si adroite qu'il me fait souvenir de la visite qu'Auguste rendit au tombeau de ce grand homme à Alexandrie. A l'arrivée de l'Empe-

(1) *Utcumque defecére mores,*
Dedecorant benè nata culpæ. Horat.

H iv

reur, le corps du héros Macé-
donien était encore en son en-
tier avec toutes ses proportions,
& d'une telle fraîcheur, qu'Auguste en lui touchant seulement
le nez le défigura.

Annibal ne paraît sur la scène
que pour réprimander Tite-Live,
qui nous raconte une chose in-
croyable au sujet de ce grand
Capitaine. Selon l'historien, il
avait fait porter une grande quantité de vinaigre pour percer les
Alpes. Mais comme le vinaigre
est un dissolvant, Annibal pouvait fort bien avoir fait quelques
expériences sur l'effet de cette
liqueur, & l'employer utilement
à faciliter des ouvertures, peut-
être déja préparées pour cet effet.
Il n'est pas étonnant que dans
ce siécle d'ignorance, une pareille épreuve conduite avec art
n'ait été regardée comme une

espéce de miracle. Ainsi Tite-
Live semblait être autorisé à en
parler, comme d'une vérité reconnue dans un tems où les Romains ne pouvaient être vaincus
que par des efforts surnaturels.
Le Docteur, ennemi des gens
de guerre, croit que le Général
des Carthaginois ne mérite pas
de l'occuper plus long-tems; &
il se hâte de faire paraître sur la
scène le Sénat de Rome : ce qui
lui fournit une occasion favorable pour critiquer une certaine
Académie de nos jours; ce qu'il
fait d'une maniere qui sent plus
le Cinique dans son tonneau,
que le libre & caustique Rabelais, tranquille dans sa chaire.

Pompée & César paraissent
feulement pour servir de relief
à Brutus, le favori de Swift. César avoue franchement à Guliver
que les plus grandes actions de
G v

sa vie, n'égalent pas celle de la lui
avoir ôtée. Il aurait fallu rendre
au Dictateur au moins la justice
de le reconnaître pour le plus
grand politique, le plus grand
Orateur, & le premier Capitaine
de son tems : siécle fertile en
grands hommes ; siécle où l'ambition était à peine regardée comme un crime : tems où le pouvoir d'un seul maître était de-
venu nécessaire. Pompée aurait
pris en main les rênes du gouvernement, si César ne s'y était
opposé. Si les meurtriers de ce
Dictateur eussent rendu la liberté à leur pays, ils se seraient
acquis plus de gloire, & ils auraient montré que César & non
Rome avait dégénéré. Si nous
devons juger du meurtre de ce
grand homme par les suites fâ-
cheuses qui en arriverent, le
ciel parut le désapprouver. Un

fort pareil attendait fes confpi-
rateurs, qui périrent tous de
mort violente. Brutus expirant
fe rappella les bienfaits de Céfar.
Il prononça d'un ton lamentable
que la vertu qu'il avait cru ado-
rer n'était qu'un vain nom, &
qu'il n'en avait vu que l'ombre.
De forte qu'il manqua de cette
force d'efprit, qui accompagne
jufqu'au tombeau l'homme véri-
tablement vertueux. Dans la ga-
lerie du Grand Duc de Tofcane
il y a une très-belle tête de Brutus, commencée par Michel An-
ge. On voit dans les traits du
Romain toute la noirceur de fon
crime; mais cette tête n'eft point
achevée, & on lit au bas cette
infcription : *Le Sculpteur* (1),
en tirant du marbre le portrait de

(1) *Dum Bruti effigiem Sculptor de marmore*
    ducit,
In mentem fceleris venit, & abftinuit.

G vj

Brutus, se rappella son crime, &
le ciseau lui tomba des mains.

Si Brutus a été criminel, c'est
par une fausse idée qu'il avait de
la vertu. César fut plus doux,
mais moins vertueux ; & il fit de
grandes fautes, dont la plupart
ont servi de lustre à ses vertus.
Un excellent Auteur moderne a
peint César comme un très-grand
mangeur. Il nous dit que lorsqu'il assistait aux festins publics,
il prenait dans la matinée un
vomitif pour exciter son appétit.
Le fait est vrai. Mais il me semble que l'Auteur aurait bien
mieux fait de se taire sur cet
article. Il paraît raisonnable de
croire que César contracta cette
habitude par l'avis de ses Mé-
decins, qui lui ordonnerent ce
régime, comme le préservatif le
plus sûr contre les accès d'épi-
lepsie, auxquels il était fort su-

jet. Votre grand-pere qui avait beaucoup de physique, m'a souvent dit que ces fortes de convulfions arrivaient naturellement après avoir mangé, & qu'elles devenaient violentes à proportion que l'eftomac était furchargé. Céfar était fi fcrupuleux à garder les dehors d'une conduite fage, qu'il craignait d'expofer à la vue les faibleffes de fon tempérament. De-là cette maniere de vivre, qui lui a quelquefois attiré des reproches. Cette opinion, mon cher Hamilton, eft bien fondée; car tous les Auteurs conviennent que Céfar vivait fort fobrement.

Céfar doit nous fervir d'exemple, & nous faire voir combien le meilleur caractere & les plus grandes qualités perdent de leur prix, lorfqu'elles ont pour objet une fauffe gloire, & qu'elles font

accompagnées d'une soif immodérée d'ambition. L'histoire de
Brutus doit nous faire craindre
de même les suites funestes d'une
vertu mal entendue , qui peut
produire des effets étranges dans
l'esprit le plus fort, lorsqu'on la
suit en aveugle, ou qu'on la porte trop loin.

Guliver a donné cinq compagnons à Brutus, Junius Brutus,
Socrate , Epaminondas, Caton
le Censeur, & Thomas Morus.
Il n'était pas aisé d'augmenter ce
Sextumvirat. Mais je crois que
sa critique est trop sévere, lorsqu'il dit que tous les siécles futurs ne pourront fournir un septiéme. Chaque siécle a produit
des hommes vertueux , & de
grands génies. Les hommes ont
toujours été les mêmes, & souvent les plus grands génies ont
eu les plus grands défauts. Les

Poëtes, les Hiftoriens immorta-
lifent fouvent des perfonnes fort
ordinaires, & leur attribuent des
perfections qu'elles n'ont jamais
eues ; tandis que d'autres d'un
grand mérite reftent enfévelies
dans l'oubli.

Dans cet illuftre *Sextumvirat*,
Socrate & Thomas Morus méritent indubitablement les premieres places. La vertu farouche
de Junius Brutus révolte la nature & tout homme fenfible. Les
fervices importans du pere peuvent feuls faire oublier la barbarie de fon fils. Je fuis bien perfuadé que fi le Docteur Swift
avait été pere, il n'aurait pas parlé de Junius Brutus.

C'eft avec Epaminondas que
nâquit & mourut la gloire de
Thèbes. Il furmonta par de rares
talens les plus grandes difficultés,
& fe fit une réputation immor-

telle. Souvent un concours d'heu-
reufes circonftances a fait de
grandes réputations ; mais Epaminondas n'a dû qu'à lui-même
tout l'éclat de fa renommée.

Je ne crois pas que Caton le
Cenfeur mérite bien de tenir un
rang parmi ces illuftres morts. Il
condamnait avec juftice la dé-
pravation des Romains, & les
cenfurait avec une févérité fans
exemple. Mais il me femble qu'il
a été un peu trop indulgent pour
lui - même , & qu'il n'a point
toujours agi par cet amour de la
vertu, dont il prononçait fi fouvent le nom. Orgueilleux & plein
de caprices, il fut l'ennemi déclaré de la Poëfie & de tous les
arts. Il était d'une avarice fi for-
dide, que Rhadamante, dans les
Dialogues de *Fenelon* , après
avoir jetté quelques regards fur
fes talens, après lui avoir reproché

fes ufures, conclut à ne point l'admettre dans les champs Elifées. Auffi ne l'a-t-on fait que portier de cet heureux féjour ; & cette place lui convient à merveille : elle lui donne lieu de fatisfaire la démangeaifon qu'il avait de tout cenfurer. Il a le tems d'examiner toutes les ombres qui fe préfentent pour entrer dans ces champs fortunés, & la liberté de fermer la porte à celles qui ne méritent point d'y être reçues. Rhadamante lui donne de l'argent pour payer à *Caron* le paffage de ceux qui n'auront pas dequoi le payer. Mais il l'avertit qu'il le punira très-févérement, s'il s'avife de prêter à ufure. Que Fenelon & Swift ont penfé différemment fur Caton ! L'un le croit indigne de mériter une place dans les champs Elifées ; & l'autre lui donne un rang diſtingué parmi les plus grands hommes de l'antiquité. De cette diverſité d'opinions on pourrait ſe former une idée des caracteres différens de l'Archevêque & du Doyen.

Guliver finit ce chapitre, après avoir reconnu un grand nombre de perſonnes illuſtres, dont il tait le nom : ce qui m'oblige à finir ma lettre. Vous deſcendrez un jour au royaume ſombre ; lorſque vous y ſerez, je ſouhaite que vous puiſſiez y rencontrer Swift, qui, alors moins cinique & plus inſtruit, vous recevra avec plaiſir dans la compagnie, dont il a exclu tant de grands hommes des ſiécles préſens & futurs.

Je ſuis, &c. Orreri.

LETTRE XIV.

Guliver, las de faire parler des héros, change la scène dans le huitiéme chapitre. Il paſſe en revue les Poëtes & les Philoſophes qui ont travaillé ſucceſſivement pour la gloire, comme Céſar fit pour l'autorité, & Brutus pour la liberté. Il fait paraître Homere & Ariſtote à la tête de leurs Commentateurs. Notre voyageur dit qu'Homere était plus grand & plus affable qu'Ariſtote ; que malgré ſon grand âge il marchait très-droit, & qu'il avait des yeux très-perçans. Il eſt certain que la vieilleſſe d'Homere n'a pas rallenti ſa vigueur. Vingt-ſix ſiécles n'ont pu l'affaiblir, ni deſſécher ſes nerfs,

ni rider font front (1). Guliver
lui donne encore un agrément
de plus, qui font de beaux yeux.
Tout le monde fait qu'il perdit
la vue au milieu de fa carriere.
Mais par les productions d'Homere & de Milton, on peut
conclure que les lumieres de l'efprit éclatent davantage, quand
elles ne font pas obfcurcies par
les objets extérieurs. On difait
anciennement qu'Homere avait
plus nourri d'hommes par fes ouvrages, que Sylla, Céfar & Augufte n'avaient pu faire tous trois
enfemble. Le tems qui a détruit
leurs images, a refpecté les écrits
du Poëte Grec : il a même confervé dans les autres langues, non
fa premiere forme, mais la plupart de fes beautés. Si Pithagore

(1) Le portrait que l'Auteur fait ici d'Homere, regarde fes ouvrages & non fa perfonne.

eût vécu de ce tems-là, il n'aurait
pas imaginé une plus heureuse
métempsicose. Mais si Homere
avait été obligé de porter les
divers ajustemens qu'on lui a
faits depuis, il aurait eu souvent
ses membres engourdis, & quelquefois disloqués. Il aimerait
bien mieux, je pense, la parure
naturelle qu'il a donnée lui-même à ses ouvrages, que tous ces
colifichets à la mode, dont notre
Poëte (1) Anglais l'a revêtu. Les
Commentateurs de cet homme
divin lui ont fait moins d'honneur que ses Traducteurs. Quelques-uns de ces pédans se sont
épuisés à faire de pénibles observations sur des mots : d'autres
l'ont parcouru à la hâte, & ses
beautés immenses leur ont échappé. Les uns se sont efforcés de

(1) Pope a traduit en Anglais les ouvrages
d'Homere.

trouver dans l'Ilyade & dans
l'Odyſſée tous les principes des
arts & des ſciences : les autres,
accoutumés à peſer des ſyllabes,
ſe ſont attachés aux endroits
qu'Homere a négligés à deſſein,
& qui pourtant ne ſont point encore à la portée de leur faible
génie ; incapables de le ſuivre
dans ſes élévations ſublimes, ils
tâchent de le mettre à leur ni-
veau.

Homere & Ariſtote ſont deux
Ecrivains d'un caractere bien op-
poſé ; mais le Docteur Swift les
rapproche, dans le deſſein de tourner en ridicule leurs Commentateurs. Quand un ſiécle a vu paraître des productions de génie,
auſſi extraordinaires que celles
d'Homere, ce bonheur eſt en
quelque façon compenſé par les
mauvais Imitateurs & les Commentateurs ennuyeux, qui bien-

tôt fuccédent. Il en eſt de ces
génies rares comme du ſoleil,
dont la chaleur fait élever des
vapeurs qui obſcurciſſent l'air,
que ſon éclat embelliſſait. Mais
quand un ancien auſſi admiré
qu'Ariſtote eſt réellement plein
d'erreurs, & ſéduit par de faux
principes, quelle foule de bé-
vues les Commentateurs ne font-
ils pas encore après eux ?

C'eſt pour mettre ce ridicule
dans un plus grand jour, que
Swift a introduit Ariſtote dans
la compagnie d'Homere. La deſcription de ce Philoſophe repré-
ſente la nature de ſes ouvrages.
Il ne marchait qu'avec peine &
ſoutenu d'un bâton : il était maigre & chauve : il avait la voix
faible & preſque éteinte ; comme il n'avait pas l'eſprit immortel d'Homere, il ne pouvait pas
marcher droit. Le bâton qui le

soutenait , repréfente fes Commentateurs qui ont rendu fes
fautes plus remarquables. Il avait
de grandes qualités , mais peu
d'agrémens dans l'efprit ; & ce
qu'il a d'ornemens eft femblable
à fa chevelure qui eft rare & négligée. Sa voix caffée caracterife
la dureté de fon ftile. Avec tous
ces défauts , Ariftote a été un
très - grand génie & d'une vafte
penétration ; mais il a peut-être
porté plus de préjudice aux lettres , qu'il ne leur a réellement
rendu de fervices. Il s'attacha
plus aux mots qu'aux chofes. Il
embarraffa la Philofophie d'un
cahos de termes de l'école , qui
ferviront de matieres à des dif-
putes éternelles , & qui ont re-
tardé le progrès des fciences. Il
fit la guerre à tous fes prédéceffeurs , & jamais il ne cite un
Auteur que pour refuter fes opinions

nions. Auſſi ambitieux de dominer ſur les ſciences qu'Alexandre ſon éléve ſur les hommes, il
viſait au deſpotiſme, & il voulait être, non le Prince, mais
le tyran de la Philoſophie. Or,
que peut-on attendre des Commentateurs qui ont voulu répandre du jour ſur ſes ſophiſmes
embrouillés, ſans avoir pénétré
ſon ſavoir? Ramus (1), ignorant
faſtueux, Scot (2), & tous les
autres ſans exception, doivent
tenir un rang mépriſable aux
champs Eliſées; ſéjour de l'éternel repos, où regnent la candeur, la vérité, les graces; mais
demeure ſombre & déſagreable
pour cette lie des Philoſophes.

(1) Ramus, célébre Profeſſeur du Collége
Royal à Paris, qui fut tué malheureuſement
pendant le maſſacre de la Saint Barthelemi.
(2) Scot [Duns] natif de Douſten en Angleterre, ſurnommé le Docteur ſubtil.

H

Je fis venir , dit Guliver , Defcartes & Gaffendi , & je les priai
d'expliquer leur fiftême à Ariftote. Ce grand Philofophe avoua
franchement les fautes de fa Philofophie naturelle , qui prove-
naient d'avoir trop donné à fes
conjectures. Aristote convient
que Gaffendi avait rendu la doctrine d'Epicure auffi agréable
qu'elle pouvait l'être , & il condamna les tourbillons de Defcartes. Pour vous , mon cher Hamilton , je crois que vous ferez
de mon fentiment , & que vous
préférerez toujours Ariftote à
Epicure. Le premier a fait du
moins des expériences & des découvertes ; & il nous a laiffé fur
la Philofophie des principes certains , quoique peu développés.
L'autre , plein de vanité , ne cher-
chait qu'à féduire , & femblait
ne rien croire lui-même des

principes qu'il foutenait. Il laiffe
le fort de toute chofe au hafard ;
fa Philofophie naturelle eft ab-
furde, & fa morale n'a pas pour
bafe la crainte de Dieu. Bayle,
l'un de fes défenfeurs les plus
échauffés, dit qu'*on ne faurait
dire affez de bien de l'honnêteté
de fes mœurs, ni affez de mal
de fes opinions fur la religion.*
Cette maxime générale que *le
bonheur ne confifte que dans le
plaifir*, eft le fondement d'une
pratique pernicieufe ; quoique,
par fon état & fon tempérament,
il vécût felon les régles de la fageffe & de la frugalité philofophique. Content de la médiocrité de fa fortune, il banniffait
tous les foucis, & fa fanté va-
létudinaire le garantiffait de l'in-
tempérance. Il paffait la plus
grande partie de fon tems dans
fon jardin, où il goûtait tous les

amufemens de la vie. C'eſt-là
qu'il étudiait & qu'il enſeignait.
Cette douce ſituation contribua
beaucoup à la tranquillité d'eſprit, & à l'heureuſe indolence
qu'il goûta juſqu'à la fin. Cependant aux approches de la mort
il ſentit ébranler ſon courage, &
il n'eut pas cette conſtance que
le Chevalier Temple lui a attri-
bué. Car lorſqu'il ſentit qu'il n'y
avait plus d'eſpérance, il s'eni-
vra pour s'étourdir ſur la deſtru-
ction de ſon être, ou pour en
émouſſer le ſentiment; & il mourut plutôt en bacchante qu'en
Philoſophe (1).

J'avoue qu'Epicure a beaucoup de partiſans parmi les anciens & les modernes. Cicéron
entr'autres lui fait honneur de
ſes ſentimens ſur l'amitié. « Epi-
» cure, ſelon cet Orateur, dit

(1) *Hinc ſtygias ebrius hauſit aquas.*

» de l'amitié que de tout ce qui
» contribue à nous faire passer
» des jours heureux , la sagesse
» n'a rien trouvé de plus grand,
» de plus utile & de plus agréa-
» ble que l'amitié ; & ce Philo-
» sophe a prouvé cette vérité non
» seulement par ses discours ,
» mais encore plus par ses mœurs
» & par les actions de toute sa
» vie (1).

Les plus grands hommes du siécle d'Auguste, à commencer par
cet Empereur, furent les secta-
teurs d'Epicure. Mécène, Lucré-
ce, Virgile & Horace embrasse-
rent sa Philosophie, & illustre-
rent sa doctrine. Le Chevalier

(1) *De qua* [*amicitia*] *Epicurus quidem
ita dicit, omnium rerum, quas ad beatè vi-
vendum sapientia comparaverit , nihil esse
majus amicitiâ, nihil uberius, nihil jucun-
dius ; neque verò hoc oratione solùm , sed
multò magis vitâ & factis & moribus com-
probavit.*

Temple trouve fort étrange qu'on
ait déchiré ce grand homme après
fa mort ; car la profondeur de
fon efprit, la maniere énergique
dont il s'exprimait, la douceur
de fes mœurs, les agrémens de
fon entretien, la fobriété de fa
vie, & fa conftance à la mort,
l'ont fait regreter de fes amis,
de fes difciples, & chérir de
tous les Athéniens. Temple im-
pute cette injuftice à l'envie &
à la malignité des Stoïciens,
ou à quelques ambitieux avi-
des de poffeder la domination
de cette fecte, & qui ont mal
interprété fon premier principe,
que *toute la félicité confifte dans
le plaifir*, en l'attribuant feulement au plaifir des fens. A ceux-
là fuccéderent les Chrétiens, qui
croyaient les principes de fa Philofophie naturelle plus oppofés à
notre Religion, que ceux des

Platoniciens, des Péripatéticiens, & même des Stoïciens.

Pour revenir au Doyen, il rejetta également Epicure, Descartes & Gassendi.

Descartes fut en Philosophie une sorte de Chevalier errant, qui prenait sans cesse des moulins à vent pour des géants. Cependant, par la force d'une imagination vive, il hasarda quelques opinions, qui engagerent probablement Newton & d'autres Philosophes à faire des expériences suivies de découvertes très-utiles.

Gassendi a été regardé comme un des plus beaux génies du dernier siécle. Il était Docteur de Sorbonne & Professeur Royal en Mathématiques. Il nâquit en Provence en 1592, & mourut en 1655. Il recueillit soigneusement tout ce qui avait rapport à la

H iv

perſonne & à la Philoſophie d'E-
picure, dont il fit un ſiſtême com-
plet.

La deſcription des Struldbrugs
dans le dixiéme chapitre , eſt
une piéce inſtructive & morale,
mais qui demande de l'attention.
Elle tend à nous faire réfléchir
ſur notre fin derniere, & à nous
y faire réſigner. La mort qui détruit l'immortalité des Strulbrugs,
dépouille bientôt ce qu'elle a de
terrible. Elle laiſſe ſon aiguillon,
devient notre amie; & nous nous
rendons joyeuſement à ſes dé-
crets, parcequ'elle nous ſoulage
de nos plus grandes miſeres. C'eſt
dans cette deſcription que le Docteur brille admirablement. Ef-
frayé des longues infirmités que
traîne après elle une lente vieilleſſe, il craignait d'être un jour
la triſte image de ces malheureux
Struldbrugs. Ces craintes furent

malheureufement accomplies; il devint la proie de la mélancolie la plus noire. Dans cet état déplorable il continua fes leçons, comme pour nous montrer qu'il était un exemple choifi par la providence pour mortifier notre vanité. L'homme ne peut trouver de vrai bonheur dans cette vie paffagere, jufqu'à ce qu'il ait rendu le dernier foupir avec une douce réfignation. L'efprit accablé fous fon propre poids, tombe, & paffe entre les bras de la mort comme un voyageur fatigué fe livre au repos. C'eft cetre fermeté ftoïque qui fut l'objet des vœux d'Augufte, qu'Antonin le pieux fit paraître, & que tout fage devrait demander à Dieu. Que la providence vous guide, mon fils, dans toutes vos actions. Orreri.

H v

LETTRE XV.

C'Est avec une grande repu-
gnance que je ferai des remarques fur les *Houyhnmhs*
des voyages extravagans de Guliver. Swift a répandu dans cette
partie une mifantropie révoltan-
te. La peinture qu'il fait de la
nature humaine, effrayerait l'homme le plus atrabilaire & le plus
philofophe. Ses faillies, toutes
fpirituelles & toutes vives qu'elles
font, perdent ici leurs forces,
& laiffent dans l'efprit une im-
preffion défagréable. Je vous ai
déja dit de fes autres ouvrages,
que fa narration ennuie fouvent,
au lieu d'amufer, & qu'elle gâte
même l'efprit, au lieu de l'inftruire agréablement. Je pafferai
fous filence les *Yahos*. Mais je

n'aurais pas cru être obligé de justifier la nature humaine. Par-là je suis forcé de reconnaître la grandeur de Dieu, Auteur de toutes choses, qui nous a com-posés d'un esprit & d'un corps unis ensemble , & réciproque-ment affectés l'un par l'autre. Quoique leurs opérations soient entierement différentes , il est certain que le corps est formé d'organes propres au plaisir & à tous les besoins de la vie. L'es-prit anime le corps, guide les appétits naturels , & les tient dans de justes limites. Mais la force naturelle de cet esprit est souvent plongée dans la matiere ; & l'ame devient alors l'esclave des passions qu'elle devrait rete-nir. Notre cher Horace , quoi-qu'Epicurien, reconnaît bien cet-te vérité quand il dit : *Il ren-ferma dans du limon une por-*

tion du *souffle divin* (1).

Il n'est pas moins évident que cet esprit immortel a un pouvoir d'agir indépendant. Lorsqu'il a toute la culture dont il est capable, il quitte en apparence la prison dans laquelle il était enseveli, s'élève dans les régions les plus spacieuses avec une force presque divine, & se range parmi les corps célestes qui nous sont à peine visibles. Nous pouvons alors expliquer la distance, la grandeur & la vîtesse des planettes : nous pouvons même prédire le tems fixe d'une comète & d'une éclipse du soleil. Ces connaissances & ces facultés nous prouvent bien la grandeur de l'esprit humain, & les effets surprenans de l'essence spirituelle qui est en nous, & qui dans un

(1) *Atque affigit humo divinæ particulam auræ.*

état fi limité peut ainfi fe délivrer de fes chaînes matérielles.
C'eft par certe prééminence de
l'ame fur le corps, que nous fommes capables de voir l'ordre exact
& la curieufe diverfité des différens êtres, de confidérer & de
cultiver les productions de la terre, d'admirer & d'imiter enfin
la fageffe & la bonté divine, qui
regne dans tout le fiftême de
l'univers. C'eft de - là que nous
font venues les loix morales pour
la fociété : de-là nous nous at-
tachons à copier ce grand maître
incompréhenfible dans fon effence, mais qui a manifefté fa tou-
te-puiffance à nos yeux dans tous
les ouvrages de la création. Ainfi
nous appercevons une beauté
réelle dans la vertu, une diftinction entre le bien & le mal. La
vertu fe montre à nous fous une
forme parfaite, agréable, & en-

nemie de l'intérêt, quand même
il ferait à fon avantage. Le vice
au contraire eft femblable à un
glouton affamé, qui mange à l'excès pour vomir enfuite. Mais,
dans la crainte où je fuis de m'é-
garer, je m'arrête là. Je fuis bien
perfuadé que la juftesse de votre
efprit, ennemie des préjugés, &
l'étendue de vos lumieres vous
feront mieux connaître la vérité,
que tout ce que je pourrais vous
dire là-deffus.

Swift tire fes obfervations de
la force de fes principes. Car dans
le pays des *Houyhnmhs*, il confi-
dere l'ame & le corps dans leur
état de dégradation & d'avilisse-
ment. La première comme un
vil efclave, eft fujette aux appétits déréglés de l'autre. Swift
femble dédaigner le mécanifme
furprenant & la beauté de chaque partie de l'univers. Il ne fe

souvient pas fans doute de l'a-
gréable defcription d'Ovide. *Il*
voulut que l'homme marchât la
tête élevée , qu'il regardât le
ciel , & qu'il portât fes regards
aux aftres (1).

Swift, en peignant les *Yahos ,*
en devient un lui-même. La
peinture qu'il a fait de *Houy-*
hnmhs , n'eft ni agréable ni amu-
fante. Tout ce morceau & le
précédent font froids & infipides. Nous y voyons feulement le
pur inftinct des brutes privées des
connaiffances , qui dans leur
fphere étroite agiffent pour leur
confervation immédiate ; fi elles
font du bien , c'eft parcequ'elles font incapables de faire du
mal.

(1) *Os homini fublime dedit , cœlumque*
videre
Juffit & erectos ad fydera tollere vultus.
                                 Metamorph. 1.

C'eſt aſſurément donner un
très-vil caractere à des créatures,
auſquelles l'Auteur voudrait trouver quelques marques de raiſon,
plutôt que de les voir agir in-
nocemment , lorſqu'elles n'ont
ni la volonté, ni le pouvoir de
faire autrement : car leurs qualités vertueuſes ſont ſeulement ar-
tificielles.

Swift , au milieu de toutes
ces plaiſanteries, avoue que nous
ne pouvons parvenir à modérer
nos paſſions, à connaître notre
grandeur , à augmenter les lumieres de notre entendement ,
& à élever notre ame au Tout-
puiſſant, en contemplant ſes ouvrages, que par l'étude continuelle de l'eſprit humain.

Il eſt certain qu'il n'y a aucun
individu parfait. Cependant l'aſ-
ſemblage des vertus qu'il renferme , ſera toujours remarqué

par quelques perſonnes intéreſ-
ſées à placer la nature humaine
dans le rang le plus diſtingué.
En effet nous devons gemir ſur
les fautes de ceux qui s'aviliſſent
en s'écartant de l'intention de
leur-être. Souvent la vraie ſource
de cette depravation vient d'une
mauvaiſe éducation , de l'indulgence déplacée des parens , ou
de quelques autres mauvais principes , qui prennent leur ſource
dans les préjugés du pays. Swift
a très - agréablement tourné en
ridicule pluſieurs de ces erreurs,
dans les premieres parties de
ſon roman. Mais le voyage aux
Houyhnmhs eſt une piéce inſul-
tante pour le genre humain.

Je me réjouis de bon cœur
d'être parvenu à la fin de cette
derniere partie des voyages de
Guliver & de finir ma lettre ſur
les *Yahos* , en tournant mes re-

gards vers vous, mon fils, qui
êtes l'objet de mes plus cheres
efpérances, & ce que je pofféde
de plus précieux fur la terre.

Votre pere, Orreri.

LETTRE XVI.

QUe ferons-nous, mon cher
Hamilton, du quatriéme
volume des ouvrages de Swift?
Comment pourrai-je vous amufer avec des remarques fur des
traités graves & férieux, non
feulement relatifs au royaume
d'Irlande, mais encore aux affaires du tems? Il y a un écrit
daté de 1708, au commencement de ce volume, intitulé:
*Lettre d'un Membre de la Cham-
bre des Communes d'Irlande, à
un Membre de la Chambre des
Communes d'Angleterre*, tou-

chant le texte facramental. Cet écrit eft précédé d'un avertiffement inftructif & curieux, compofé & revu exactement par le Docteur Swift , & dans lequel il donne aux Prefbitériens un ridicule affreux. Swift avait tant de droiture & de fincérité dans fes actions, qu'il conçut de l'averfion pour tout ce qui fentait la gêne & les formalités , & qu'il fronda ouvertement les ufages de la politeffe. Un caractere auffi bifarre convenait mal à la dignité refpectable d'un grave Eccléfiaftique. Auffi s'attira-t-il le nom d'homme peu religieux. Je me fouviens d'une hiftoire à fon fujet.

Peu de tems après qu'il fut fait Doyen de Saint Patrice , il allait paffer la foirée chez Monfieur Raimond. A *Trim* près de *Dublin,* où il était Vicaire, les

Paroiſſiens, au ſon de la cloche, s'aſſemblent pour aller à l'Office. Raimond ſe préparant à y aller; le Doyen lui dit : *Voulez-vous parier un écu avec moi que je commence les Vêpres avant vous? Je le veux bien*, répondit Raimond. Dans l'inſtant ils ſe mirent à courir de toutes leurs forces vers l'Egliſe. Raimond, qui était le plus alerte des deux, arriva le premier à la porte, entra dans l'Egliſe, accourut au lutrin. Swift redoubla le pas, atteignit les marches du lutrin, & y monta auſſitôt laiſſant Raimond derriere lui. Il ouvre le livre, entonne à haute voix, s'aſſied ſans ſurplis, & continue ainſi le ſervice divin tout le tems qu'il lui fallait pour gagner ſa gageure. Cette aventure ne convenait guere avec la gravité des non-conformiſtes ; mais l'averſion était égale des deux côtés. Je tiens en main une lettre qu'il a écrite contre la révocation de cet acte; & quiconque a de l'attachement pour le Royaume d'Irlande, y trouvera des argumens de poids, dans le cas où l'on voudrait procéder à cette révocation.

Au reste les railleries piquantes de Swift font femblables aux morfures d'un ferpent à fonettes, dont le venin eft bien plus dangereux que celui d'un ferpent ordinaire.

Dans le traité, datté de 1720, qui fuit immédiatement après, il propofe un établiffement univerfel pour fabriquer en Irlande toutes fortes d'étoffes, & d'ameublemens néceffaires aux habitans. Il fournit en même tems des moyens pour fe paffer entierement de toutes les étoffes d'Angleterre. Je crois vous avoir déja dit qu'en confrontant les dattes des ouvrages de Swift, il semble n'avoir rien écrit sur la politique, depuis l'année 1714 jusqu'en 1720. Vous serez sans doute bien aise d'apprendre de quelle façon il employa son tems dans cet intervalle. Toutes ses petites piéces de poësies, la plupart adressées à Sheridan ou à Stella, remplissaient le vuide des ses *Voyages de Guliver*, qui, selon les apparences, doivent l'avoir occupé pendant cinq ou six années. Mais aussitôt qu'il eut fini cet ouvrage, il saisit l'occasion de satisfaire son goût pour la politique & pour l'Irlande sa patrie. Pour réussir dans ses entreprises, il ralluma par un écrit la jalousie naturelle de l'Irlande contre l'Angleterre. Cet écrit rempli de hardiesse fit grand bruit, & il y eut des poursuites contre l'Imprimeur; mais

elles ne furent pas capables d'appaifer les efprits. Les plus grands
ennemis de l'Auteur avoueront
que cet écrit contenait des principes d'un bon citoyen, qui, con-
naiffant les erreurs & les préjugés de fa patrie, voulait l'en corriger & l'en défabufer; qui ref-
fentait fes oppreffions, & qui
voulait la foulager; qui enfin
avait un defir ardent de réveiller
une nation indolente, & plongée dans un état létargique, fatal
à fa conftitution.

Peu de jours après l'imprimé
concernant les manufactures d'Irlande, il en fit paraître un autre,
dans lequel il fournit des moyens
pour affaiblir la puiffance eccléfiaftique. Cet écrit eft trop férieux pour vous. Contentez vous
de favoir qu'il eft rempli de ces
traits vifs & fatiriques, fi fouvent répandus dans fes ouvrages.

Le sujet général de ce traité me rappelle une circonstance qui fait l'éloge du Doyen. On n'a jamais pu l'engager par argent ou autrement à aliéner les biens de l'Eglise : il travailla toujours à en conserver les fonds & à en augmenter les rentes, comme la méthode la plus sûre, la moins onéreuse aux fermiers, & la plus avantageuse aux propriétaires. Il refusa hautement de faire la charité des fonds du Chapitre, disant qu'ils suffisaient à peine pour faire les reparations nécessaires à la Cathédrale. Je vous ai déja dit que parmi les Chanoines la voix du Doyen Swift était celle de Dieu.

Nous voici maintenant aux lettres de *Draper*, monument célébre & éternel de sa réputation. J'ai si souvent parlé dans mes premieres lettres du sujet de celles-ci

ci, & des effets qu'elles produi-
faient fur la nation, que je dois
feulement vous en recommander
la lecture à caufe du ftile. Mais
de peur qu'elles ne rebutent un
jeune homme qui ne s'intéreffe
guere aux affaires préfentes, &
encore moins aux affaires paffées
d'Irlande; pour vous engager à
les lire, je vous préviens que
vous y trouverez à la fin une re-
lation curieufe, qui vous amu-
fera agréablement; en voici le
tire : *Détail véritable & exact
de la Proceffion folemnelle faite
à l'exécution de Guillaume Wood
& des faux monoyeurs.* L'Auteur
fait accompagner le patient au
gibet par plufieurs ouvriers, qui
le fuivent en l'injuriant chacun
dans les termes de fa profeffion.
Le cuifinier en le flambant, l'Imprimeur en lui barbouillant le
vifage avec fes balles noires, le

I

tailleur en lui arrachant les plis
de son habit; & ainsi des autres,
qui viennent en foule de tout
état & de toute condition. Le
Doyen continue ensuite sa description d'une maniere si agréable & si comique, que l'homme
le plus grave ne peut s'empêcher
de rire.

En 1727 il fit paraître un autre écrit, qui contient un détail raccourci de l'état d'Irlande.
Sur tout ceci je n'ai rien d'inté-
ressant à vous faire remarquer;
car l'état présent de l'Irlande en
général est aussi florissant qu'il
puisse l'être. Les terres sont la-
bourées, les arts & les sciences
cultivées avec une noble émulation; & pendant l'espace de huit
ou dix années que j'y ai resté,
elle a toujours été dans son même état. L'Irlande, mise en pa-
rallèle avec l'Angleterre, doit

être regardée comme une cadet-
te devenue majeure ; après avoir
souffert toutes sortes de maux de
sa sœur aînée, qui par des procès longs & ruineux l'a frustrée
de tous ses droits. Mais enfin le
tems & son émulation lui ont
procuré des richesses immenses,
compagnes de l'industrie, dont
elle goûte maintenant les douceurs. Cependant, loin d'étouffer
la voix de la nature envers son
aînée ; elles lui fait des rentes
annuelles ; & à vous parler franchement, cette aimable rivale
mériterait de jouir d'un sort plus
doux.

Je ne m'arrêterai pas à la réponse faite à un écrit, intitulé :
Mémoire des pauvres habitans
& laboureurs du Royaume d'Ir-
lande, & qui parut en 1728. Il
parut un autre écrit en 1729,
dans lequel Swift a sçu répandre

I ij

à son ordinaire des traits d'un
esprit singulier & très-agréable.
Il est intitulé : *Moyen d'empê-*
cher que les enfans des pauvres
d'Irlande ne soient à charge à
leurs parens & à leur pays , &
de les rendre utiles au public. Le
projet consiste à élever les pauvres enfans , jusqu'à ce qu'ils
soient en état de passer au service
des nobles ou des riches négo-
cians du pays.

Le Lord Carteret fit une défense, par laquelle il favorisait les
Torris, les gens d'Eglise , & les
Jacobites. Cette piéce est aussi
ingénieusement écrite que toutes
les autres. Le dernier traité est
intitulé : *Discours & dernieres*
paroles de Ebenedor Eliston , dé-
capité le 2 mai 1722 , imprimé
& publié par ses ordres pour l'u-
tilité du public.

Cet écrit produisit un bon effet. Les voleurs, les vagabonds, & toute la populace, crurent que c'était réellement l'ouvrage du Lord Elifton, qui avait toujours été attaché à fa patrie. Le ftile en eft fi naturel & fi bien ajufté aux affaires de ce tems-là, que le génie le plus délié s'y tromperait aifément.

J'oubliais de vous parler des trois piéces qui terminent le quatriéme volume de Swift : deux font adreffées au Doyen; la troifiéme eft fa réponfe. La premiere de ces piéces étant de moi, me fervira de conclufion pour cette lettre. Il eft à propos que je vous dife ce qui en a fait naître l'occafion. Les amis du Docteur étaient dans l'ufage de lui faire tous les ans un petit préfent pour le jour de fa fête, en mémoire de fa naiffance. Comme j'ai été de ce uombre, je lui envoyai un livre superbement relié, à la tête duquel j'écrivis ce qui suit.

A Dublin, le 30 novembre 1732.

Vous trouverez, mon cher Doyen, à la tête du livre que je vous envoie, des preuves certaines de mes sentimens pour vous. Regardez-les, je vous supplie, comme le gage de l'amitié la plus tendre, & croyez-moi digne de votre estime. Quoiqu'une reliûre éclatante couvre quelquefois des choses assez frivoles, comme un habit riche & brillant ne couvre souvent qu'un faquin; je suis persuadé que ce petit présent deviendra dans vos mains d'un prix inestimable.

Si jamais il revenait un siécle pareil à cet âge de corruption, dans lequel vous vivez, & où le sort menaçât votre patrie d'une

ruine prochaine & de la fervitu-
de; la force de votre génie dé-
fendrait alors les intérêts de la
nation : c'eſt dans vos doctes
écrits, tréfors immenſes pour nos
derniers neveux, qu'ils puiſe-
raient l'art enchanteur de la noble éloquence, l'art difficile de
la profonde politique, & plus
encore l'art aimable de devenir
vertueux, où tendent toutes vos
vues. Les charmes d'une vaine
parure ne nous éblouiront plus.
Votre ame, comme un aſtre lu-
mineux, répandra ſes rayons ſur
ces mines d'or que vous cachiez
à nos regards. Tel eſt un homme
épris d'une beauté parfaite, dont
les appas l'ont féduit, & dont
l'amour & la ſurpriſe augmen-
tent, lorſqu'il découvre que les
charmes de l'eſprit ſurpaſſent en
elle ceux de la beauté.

I iv

LETTRE XVII.

JE vous ai déja dit, mon cher Hamilton, que les quatre premiers volumes de *Swift* parurent à la fois, sous les yeux du Docteur. Peu de tems après, les autres volumes parurent aussi revus & corrigés par l'Auteur.

Le traité intitulé, *Conduite des alliés*, commence le cinquiéme volume. Je vois par la préface de l'Editeur, qu'elle est de la main du Doyen. Il a affecté un discours bas pour mieux se cacher au public. Mais plus je la lis, plus elle me confirme dans mon opinion. On voit clairement, dit l'Editeur, qu'un esprit de liberté est répandu dans tous ses ouvrages, & que l'Auteur est ennemi juré de la tyrannie & de

l'oppreffion, fous quelques formes qu'elles puiffent fe montrer.
Voilà le but où le Docteur a
toujours vifé ; ce qui dans la fuite
lui a acquis une grande réputation.

Dans le cours de mes lettres,
je vous ai fait librement appercevoir fes défauts; mais je vous
prie de vous fouvenir que malgré
toutes fes négligences de ftile,
il écrivait purement. Une feule
vertu fuffit pour cacher aux yeux
des hommes une multitude d'erreurs, puifque cette vertu contribue au bien de la fociété.

On voit par la conduite des
alliés en 1712, que c'était un
préparatif à la paix, alors con-
certée par les Miniftres, & con-
clue enfuite à Utrecht. L'Auteur
commence dans ce difcours par
des réflexions générales fur la
guerre ; enfuite il s'étend parti-
I v

culierement fur les guerres civiles arrivées en divers Royaumes.
Quand je lis ces fortes d'écrits,
je ne puis m'empêcher de plaindre ma patrie, déchirée par fes
propres enfans; & je regarde les
entrailles de cette mere malheureufe, comme celle de Tythius,
qui renaiffaient à mefure qu'elles
étaient dévorées par les vautours.

Les autres écrits intitulés, *les
Examinateurs*, font tous du Docteur, & terminent le volume.
Ils contiennent les événemens,
arrivés depuis novembre 1710
jufqu'à la fin de juillet 1711;
c'eft-à-dire, la défenfe de la nouvelle adminiftration, & les révolutions que l'entrée du Comte
d'Oxford avait caufée à la cour,
en occafionnant la chute du
Comte Godolfin & de fes favoris.

Le Doyen, dans plufieurs de

ces écrits, attaquait la place du Général duc de Malborough. Il disait que *dans un pays libre le pouvoir d'un Général est toujours à craindre, lorsque sa bravoure & son savoir égalent ses forces; & il tenait pour maxime que plus ses armes sont heureuses, plus aussi la liberté du peuple est en danger.* Dans le tems qu'il écrivait pour défendre les intérêts du peuple, il lui échappait de tems en tems des traits piquans & satiriques, comme on peut le voir dans le traité intitulé, *le Palais de l'orgueil;* & dans plusieurs autres essais bien connus.

Je me trouve quelquefois bien embarrassé dans les observations que je fais sur ses écrits. Le respect que j'ai pour les personnes issues d'un sang illustre, dont il fait mention dans ses *Examina-*

teurs, m'oblige de paſſer legére-
ment ſur les endroits les plus iro-
niques ; parcequ'ils font naître
inſenſiblement des réflexions qui
frappent les intéreſſés ; & ſouvent
les railleries piquantes décélent
au public des choſes qu'il aurait
ignoré. Combien de triſtes ſujets
auraient réveillé la plume d'un
bon patriot, depuis 1710 juſqu'à
la fin d'une guerre longue & mal-
heureuſe !

On a multiplié, depuis quarante ans, les traités politiques ;
il en paraît tous les jours de nouveaux, ſi variés, & ſi différens
les uns des autres, que le dernier
reſſemble à l'héritier d'une famille. Il attire ſur lui les regards du
public ; & ſon pere coule ſes derniers jours dans la caducité, vit
ignoré, & trouve à peine un ami
qui ſe ſouvienne des traits les
plus frappans de ſa vie.

Il en a été de même à la naiſſance des *Examinateurs*, & de
deux autres piéces du même
genre. Ils ſubirent le ſort attaché à ces ſortes d'ouvrages fugitifs, qui paſſent avec la mode;
au lieu que les ouvrages utiles,
frappés au bon coin, ſont lus en
tout tems, en tous lieux, & paſſent à la poſtérité la plus reculée.

Avant que d'entrer dans le
monde, mon cher fils, il eſt bon
que vous ſachiez qu'il faut être
inſtruit de tout ce qui a été écrit
ſur la politique en général : car
en Angleterre un homme ne ſau-
rait briller, s'il n'eſt bien verſé
dans cette matiere; il peut igno-
rer toutes les autres ſciences, &
non pas les affaires d'Etat. Il a
la liberté de choiſir le parti qui
lui convient, & de le défendre :
mais *ne pas reculer* doit être ſa
deviſe. Le ciel vous préſerve,

mon fils, d'agir à jamais contre votre gré.

Si l'efprit d'animofité avait fait chez les Grecs & chez les Romains les mêmes progrès qu'il a fait chez nous depuis quelques années, leurs Poëtes auraient probablement mis ce démon de l'envie au rang des trois furies, & ils l'auraient placé dans les enfers à la fuite de Tifiphone, de Megere, & d'Alecton. Si on en croit la defcription des Poëtes, les incurfions qu'elles font fur la terre ne font que pour femer le trouble & devafter l'univers

Il eft vrai que chaque pays a fes fectes & fes préjugés. Mais on peut dire qu'il regne dans les Ifles Britanniques une maladie épidémique, d'une nature fi extraordinaire, que je la crois inconnue à tout le refte du monde. Elle accroît notre ignorance na-

turelle, fait naître & nourrit
dans nous une haine si vive, que
souvent les personnes du meilleur naturel & qui ont des mœurs
pures, se font une guerre continuelle. Je crois que cette maladie tire plutôt sa source du cœur
que de l'esprit ; ou des révolutions étranges que les passions
font sur nous, plutôt que de notre raison : c'est une fureur aveugle, ou la force du tempérament
qui nous emporte (1).

Swift, né avec de grandes passions, fut extrême dans le parti
qu'il avait embrassé. Mais il eut
des talens & un génie d'une grande étendue ; & tous ses écrits
portent avec eux un caractere si
distingué, que je vous exhorte à
les lire tous. Vous verrez qu'il
regne dans les *Examinateurs* un
stile nerveux, une précision exa-

(1) *Furorne cœcus, an rapit vis acrior ;*
An culpa ?

&c, une diction claire, & une connaissance profonde des vrais intérêts de la religion d'Angleterre.

Je suis, mon cher Hamilton, votre pere, Orreri.

LETTRE XVIII.

LE sixiéme volume est un mélange si confus de vers, proses, de lettres, de contes, de conversations galantes, & d'autres bagatelles, que je ne sais ce que je dois vous en dire, ni celles dont je dois vous conseiller la lecture.

Les poësies & les contes ne méritent pas votre attention. Parmi les lettres, il y en a deux du Comte de Peterborough (1) à

(1) Voyez le Siécle de Louis XIV, tom. 1. 2. part. pag. 188-211. édition de Lambert, la seule qui soit exacte, & exempte des fautes dont les autres fourmillent.

Monsieur Pope, qui sont courtes, mais excellentes dans leur
genre. Les autres sont du Doyen
& de Pope ; elles diffèrent beaucoup pour le stile & pour le naturel. Le Comte de Peterborough
avait un esprit naturel & aisé.
Lorsqu'il écrivit ces lettres , il
avait renoncé aux armes ; & il
vivait retiré dans ses terres, en-
nuyé de la cour & du ministere.
Malgré le poste brillant qu'il oc-
cupait dans son tems , il a toujours conservé son caractere affable & bon. Sa vie est un tissu
d'avantures singulieres ; & dans
sa vie privée comme dans le ma-
niement des affaires publiques,
il s'est toujours écarté des routes
ordinaires. Il avait voyagé dans
presque tous les pays du monde ,
& ne s'est fixé dans aucun : en
sorte qu'on peut dire qu'il était
en quelque sorte un vrai *Cosmo-*

polite ou habitant de l'univers.
Il favait l'art de faire de rapides
conquêtes, & de faire fubfifter les
armées fans argent. Il s'exprimait
comme il agiffait. Sa vivacité,
fon ardeur, & fon grand courage lui faifaient braver le danger.
Il vérifia tout ce qui a été dit
des héros de romans ; mais il n'i-
mita que leurs bonnes qualités
& leurs principes moraux. Il conferva une eftime réelle pour Swift
& Pope. Le Doyen a fait une
peinture fidéle & fort agréable
de ce grand homme. Voici l'idée
qu'il nous donne de fes talens
pour la guerre.

« Milord Peterborough était
» d'une figure défavantageufe,
» maigre, mais vigoureux ; fes
» expéditions étaient auffi hardies
» que furprenantes. Il apparaiffait
» tout d'un coup comme un fan-
» tome dans le tems qu'on y pen-

» fait le moins. Dans tous les
» pays où il a été, il s'eſt fait
» une réputation éclatante. Auſſi
» bon Général ſur terre que ſur
» mer; auſſi ferme dans les con-
» ſeils, qu'intrépide dans les com-
» bats. Né grand & naturelle-
» ment vertueux, il fit dès ſon
» enfance des actions, que tout
» autre que Charles XII, Roi de
» Suede, n'aurait pu égaler, &
» par-tout où ce grand Capitaine
» porta ſes armes, il vainquit.

Le traité intitulé, *Animoſité des Whigs*, eſt une réponſe maligne à un écrit pareil de *Richard Stelle* (1). Il contient une ſatire ſi mordante contre la no-bleſſe Angloiſe, que tous les Seigneurs, qui étaient alors à Lon-

(1) Stelle, célébre Ecrivain Anglais, connu principalement par la part qu'il eut au *Spectateur*, ouvrage ſi répandu & ſi eſtimé; né à Dublin en Irlande. Il poſſéda pluſieurs emplois honorables en Angleterre, & mourut à Liangunner en 1729.

dres, allerent en corps en faire
leur plainte. Peu de jours après
on vit paraître une déclaration,
qui promettait une récompenfe
de trois cens livres fterling à celui qui en découvrirait l'Auteur.
Il y a cependant quelque apparence que cet écrit ne parut que
de l'aveu des Miniftres. Quoi
qu'il en foit, on peut dire que
le Doyen n'a jamais écrit avec
tant de liberté. Je dois vous dire
à fa louange, que quelque fujet
qu'il traite, il le manie fi bien,
qu'il femble en avoir fait l'étude
de toute fa vie.

Monfieur Burnet (1), Evêque
de Salifburi, eft l'unique anta-
gonifte, auquel Swift répond. Je
ne puis vous donner une meilleure idée de cet ouvrage, que
par cette citation tirée du traité,

_____

(1) Burnet, Ecrivain favant & poli, né
en Ecoffe, & mort le 27 feptembre 1715.

intitulé, *Préface à l'introduction*
du troisiéme volume de l'histoire
de la réformation de l'Eglise
d'Angleterre, par Monsieur Bur-
net, Evêque de Salisburi. Voici
ce que Swift dit à la fin de son
traité. « Après que l'Evêque eut
» adreffé à Dieu ses prieres, il
» débuta ainfi. *Il y en a plufieurs*
parmi nous qui font dans la bré-
che. Je crois qu'elle eft l'ouvrage
de leurs mains, qu'ils veulent
faire du carnage & piller, fi rien
ne les en empéche. Je crois qu'ils
veulent faire un rempart au mi-
di, pour défendre leurs Eglifes
& leur pays ; afin d'y renfermer
toutes les richeffes de l'Etat.
Examinons cette métaphore. Le
rempart de l'Eglife & de l'Etat,
eft défendu par ceux qui aiment
la conftitution de l'un & de l'autre. Nos ennemis domeftiques
contreminerent quelques parties

de ce mur, entrerent dans la
bréche, & s'écrierent : *Nous som-*
mes le rempart. Nous n'aimons
pas une pareille manœuvre ; mais
ils bâtissent avec du mortier mal
préparé : il n'y a pas grand'chose
à craindre, tant qu'ils employe-
ront de mauvais matériaux & de
mauvais ouvriers ; à Dieu ne plai-
se que nos murs soient bâtis de
même. Ils sont assez hardis de
monter au haut de la tour ; mais
qui leur a assigné ce poste ? Est-
ce pour nous donner de fausses
allarmes ? ou pour nous avertir
de défendre un côté, afin que
leurs complices puissent s'empa-
rer de l'autre ? Ce sont des hipo-
crites le jour, & la nuit des per-
turbateurs du repos public. Dieu
sera sourd à leurs prieres ; car ils
prient contre eux-mêmes, &
contre les regles de la foi & de
la raison : enfin ils sont renversés

fur la pouſſiere, & pouſſent des gémiſſemens devant Dieu. Que je ſubiſſe le dernier ſupplice, ſi je le crois ; à moins que cela ne ſoit dit figurément ! Mais, ſuppoſons-le vrai pour un moment, pourquoi ſont-ils renverſés ſur la pouſſiere ? parcequ'ils aiment à la remuer. Pourquoi ſe plaignent-ils ? parcequ'ils n'ont rien & qu'ils demandent de l'emploi pour vivre. Je ſouhaite que tous les ennemis de la Reine, de la Monarchie & de l'Egliſe, puiſſent ramper ſur la terre comme des ſerpens, juſqu'à ce qu'ils reconnaiſſent leur ingratitude, leurs blaſphêmes ſéditieux, & toutes leurs autres mauvaiſes actions.

Je pourrais ſuivre la même méthode pour vous donner une idée de la piéce qui vient après, en vous en rapportant le premier

paragraphe. Cette piéce eſt intitulée , *Requête des Presbité-*
riens , pour révoquer l'acte , exa-
minée impartialement. L'Auteur
prélude avec beaucoup d'eſprit &
de legéreté : voici à peu près ſes
termes. « On nous a dit dernie-
» rement que les Preſbitériens &
» leurs complices faiſaient de
» puiſſans efforts, pour faire ré-
» voquer l'arrêt à la ſéance pro-
» chaine, afin de diſpoſer les eſ-
» prits en leur faveur. Leur con-
» duite à l'égard des Catholiques,
» eſt celle d'un ſage Médecin qui
» éprouve des drogues ſur un ani-
» mal , avant que de les faire
» ſervir pour le ſoulagement des
» malades ». J'ai cité ce paſſage
autant pour le ſtile, que pour le
ſujet ; & j'oſe dire que vous
conviendrez avec moi, que le
Doyen conduit ſes métaphores
avec beaucoup de délicateſſe. Je
me

me souviens de vous avoir fait remarquer dans mes premieres lettres combien Swift haïssait les Non-conformistes (1), sur-tout les Presbitériens. A présent je dois vous apprendre que cet écrit ayant été fait pour la partie méridionale de l'Irlande, il doit être placé avec les autres traités sur le même sujet.

Dans le traité qui parut en 1711, l'Auteur donne des avis aux Membres de l'assemblée d'octobre. Je me dispenserai d'y faire des observations, parceque tout ce qu'il dit de ce tems-là est exactement vrai. Ceux qui travaillent à l'histoire d'Angle-

(1) On appelle en Angleterre *Non-conformistes*, toutes les sectes différentes de celle qui est reçue & autorisée par les loix de l'Eglise Anglicane. Ainsi les Luthériens, les Presbitériens, les Kakers, les Sociniens, les Anabatistes, &c. sont Non-conformistes.

K

terre, devraient puifer dans ces traités, comme dans des fources de politique. Si les étrangers s'ap-pliquaient à ce genre d'étude, ils acquerreraient des connaiffances plus fures de notre gouvernement & de nos mœurs, plutôt que par tout autre livre fur cette matiere. Il pourrait arriver de-là qu'au premier pas qu'ils feraient dans cette carriere, nous leur paraî-trions des citoyens défunis, mé-contens, & peu ftables. Mais s'ils faifaient des recherches exa-ctes & profondes, ils verraient que la nature a mis dans nous un efprit d'indépendance, qui fort quelquefois de fes limites, mais qui eft toujours conftant & à toute épreuve. Quel peuple fur la terre peut defirer un état plus fublime & plus excellent ? Pour parler ici le langage des payens, *nos erreurs font les er-*

reurs de l'humanité, & nos prin-
cipes font les principes des
Dieux.

Les autres piéces de ce volume, excepté les *Remarques fur*
le traité des Barrieres, ne méritent pas mes réflexions. Quelques-unes de ces piéces font de
frivoles amufemens du loifir du
Doyen ; mais il aimait trop à
faire gémir la preffe pour s'en ab-
ftenir. S'il avait réfléchi mure-
ment, il aurait connu que ces
fortes de bagatelles ne méritaient
pas d'être mifes au rang des piéces excellentes, qui lui ont fait
une fi grande réputation.

Je fuis, mon très-cher Hamilton, votre pere, Orreri.

LETTRE XIX.

LE septiéme volume du Doyen est une correspondance épistolaire , depuis 1714 jusqu'à 1737. On tient pour maxime qu'il est aisé de découvrir dans les écrits des Auteurs , & principalemént dans les lettres, leur caractere & leur génie , surtout quand ces lettres sont écrites avec liberté. Je tâcherai donc de vous faire observer les endroits qui pourront vous donner une idée du Docteur & de ses amis. Tout ce que vous avez lu jusqu'à présent, doit vous avoir fait connaître à fond le Docteur Swift. Les mœurs & la façon de penser des personnes qu'il fréquentait , sont si conformes aux fiennes, qu'elles fe renvoient de concert une douce lumiere, qui les a entretenu dans une union inaltérable.

Pour un jeune homme comme vous, qui entre dans le monde, ce fujet doit être d'une importance extrême ; parcequ'il peut non feulement vous fervir de guide dans le choix de vos amis, mais encore dans la maniere de leur écrire.

Comme les inftitutions humaines ne fauraient être parfaites, il ferait à propos que l'on réformât les abus qui s'y font gliffés avec le tems, & qui fe multiplient tous les jours. J'entens parler de cette licence effrénée, qui a furieufement étendu fes bornes dans les derniers ouvrages qui ont paru. Une telle coutume (car je ne fais comment l'appeller) eft extrêmement per-

K iij

nicieufe : elle fatisfait pour un
moment l'avide curiofité du public ; mais pour l'avenir elle ré-
pand de fombres voiles fur la vérité , qui devrait toujours être
le but des Ecrivains. L'expérience m'a convaincu que les écrits
les plus véridiques, concernant
diverfes anecdotes, font fouvent
cachés, comme l'or dans les cof-
fres d'un avare; jufqu'à ce que
le fort les faffe tomber dans les
mains d'un héritier diffipateur,
qui au lieu de s'en fervir utilement, en ufe fi mal, qu'ils deviennent le bien commun de
tout·le monde. Ainfi, mon cher
Hamilton , quand il fera queftion de porter votre jugement
fur quelque fujet important, exa-
minez bien & réfléchiffez mu-
rement, avant que d'expofer au
grand jour votre décifion. Soyez
prudent & fage dans vos écrits ;

n'y répandez pas des traits vifs
& piquans, pour faire briller votre esprit : sur-tout soyez bien
circonspect dans le choix de vos
amis; car l'amitié a des dehors
trompeurs, & quelquefois un
aveu imprudent nous fait faire
des engagemens indiscrets, qui
nous coûtent des larmes ameres.

Je vous avoue franchement,
mon cher fils, que je suis assez
embarrassé à vous dire mon sen-
timent sur les lettres de Swift
qui sont dans ce volume. Les
critiques en général ne sont pas
reçues favorablement du public,
& restent dans l'oubli. Il faudrait employer trop de tems pour
les repasser chacune en particulier. Je tâcherai donc de vous
faire remarquer ce qui me pâ-
raîtra le mériter. Commençons
par la correspondance réciproque, que Swift & Pope ont en-

tretenus entre eux dès l'enfance
de Pope, sans interruption jusqu'à la mort de la Reine. Si nous
devons juger de la conduite de
Monsieur Pope par ses ouvrages,
nous verrons que toutes ses vues
tendent à la vertu; ses derniers
écrits respirent la morale; il a
dédaigné de s'amuser à des bagatelles, & les a regardées comme
l'écueil de la réputation du Docteur. Cependant Pope a donné
un libre essor à son imagination:
mais il a toujours conservé une
conduite sage & judicieuse, &
toutes ses démarches ont été me-
surées, & l'ouvrage de la raison.
Les traitemens injurieux qu'il es-
suya de la part d'une foule d'adversaires, le rendirent plus circonspect que le Doyen n'avait
été. Pope a répandu dans sa prose une certaine harmonie, presque aussi agréable que dans ses

vers. Le fon de fa voix était fi doux & fi gracieux, que M. *Jomh Southêrne* l'appellait *le petit Rossignol*. Ses mœurs pures, fes manieres aifées, & fa grande générofité envers fes amis, lui attirerent leur eftime. Pope faifait les délices de fes convives ; fa maifon était l'afile du bon goût & de la décence ; l'élégance & les agrémens préfidaient à fa table. Swift eut un caractere tout oppofé ; brutal, emporté avec fes domeftiques ; avec fes égaux, & même avec fes fupérieurs, il paraiffait moins un homme poli, qu'un ami utile. Sa narration était claire ; & les fentences qu'il débitait, lui attiraient l'attention de ceux qui l'écoutaient. Il avait acquis par le grand ufage du monde, beaucoup d'expérience, & n'avait pas la moindre teinture de vanité dans fa converfation. Il était aimable dans fes politeffes, conftant & fincere dans fes amitiés, & fans déguifement dans fes inimitiés. Par-tout où il fe trouvait, il parlait généralement comme il penfait. Un jour étant à la table du Lord Maire à Dublin, & ayant à côté de lui un jeune homme riche, fort étourdi, & qui à moirié yvre le choquait vivement; après avoir fouffert quelque tems fes railleries, le Doyen adreffa ces paroles au maître du logis : *Milord, j'ai à côté de moi un fot qui m'ennuie, qui me fatigue depuis une heure; obligez-moi de le congédier.*

Dans bien des occafions le Doyen contrequarait fon ami Pope, qui cachait fon reffentiment jufqu'à ce qu'il pût trouver l'occafion d'avoir fa revanche. Mais malgré la différence des mœurs

& de l'efprit de ces deux grands
hommes, il paraît qu'il y eut entre eux la même union qu'il y
avait entre Virgile & Horace.
On découvre en effet une affection réciproque entre ces deux
Poëtes Anglais, & elle éclate
dans tous leurs ouvrages. On a
prétendu que l'amitié entre Swift
& Pope n'avait pas été auffi ferme, auffi parfaite, à la fin qu'au
commencement de leur vie. Du
côté de Swift je puis dire qu'elle
a été inaltérable ; & je ne crois
pas que du côté de Pope, elle
ait été moins ardente. Leurs lettres peuvent aifément nous éclaircir fur ce doute. Dans une des
dernieres que le Doyen m'écrivit, peu de tems après qu'il eut
perdu l'ufage de fa raifon, il me
marque : *Quand vous verrez mon*
ami Pope, dites-lui, je vous
prie, que je répondrai bientôt à

K vj

fa lettre, & que je l'aime plus que tout le refte du monde. Dans le long commerce de lettres que j'ai eu avec M. Pope, je n'en recevais pas le moindre billet, qu'il ne me chargeât de faire fes complimens au Doyen ; & il était toujours en peine de fa fanté. Vous pouvez en juger par ces deux extraits, dont l'un eft du 12 juillet 1737.

MILORD,

« Je n'ai pas des expreffions » affez fortes pour pouvoir expri- » mer à votre Grandeur le plai- » fir fenfible & le vrai contente- » ment que votre lettre m'a fait, » en m'apprenant le rétabliffe- » ment de la fanté du Doyen. » Elle me preffe de nouveau à » porter vers vous la voix de ma » jufte reconnaiffance. Je me croi-

» rais le plus heureux des hom-
» mes, si vous daigniez m'accor-
» der souvent de pareilles mar-
» ques de votre estime. Je vou-
» drais de tout mon cœur que
» mes prieres unies aux vôtres
» pussent le rappeller vers nous.
» Le plaisir que j'aurais à le voir,
» me ferait croire que son retour
» serait en partie pour moi : je
» crains qu'il n'en soit jamais
» question, & que son penchant
» ne le retienne ailleurs. Je pro-
» teste à votre Grandeur que la
» crainte de passer la mer & la
» faiblesse de ma santé, sont les
» seules causes qui m'empêchent
» de le rejoindre. Toutes les fois
» que je me le rappelle, il se
» fait en moi une révolution qui
» trouble mes sens, qui me transf-
» porte hors de moi - même, &
» qui me jette dans une noire mé-
» lancolie.

Dans une autre lettre du 2
avril, il s'exprime ainsi:

MILORD,

« Je viens de recevoir votre
» obligeante lettre ; & le même
» courier qui me l'a apportée, est
» chargé de ma réponse. Le no-
» ble empressement que vous me
» témoignez pour dissiper mes
» craintes, & pour appaiser mes
» allarmes sur l'état du Doyen,
» est pour moi une marque sûre
» de votre estime. Je lui ai écrit
» une longue lettre par le der-
» nier ordinaire, ne le croyant
» pas dans cet état triste & dan-
» gereux. J'étais si éloigné de
» craindre pour sa santé, que je
» lui proposais des moyens faci-
» les pour nous voir encore quel-
» quefois en ce monde. Je ne dois
» plus rien desirer dans cette vie,

» qu'une prompte mort ; puifque
» notre ami le Doyen touche à
» fa fin. Je crois pourtant qu'il
» peut fe tenir encore quelque
» tems fur ces fombres bords ;
» afin de conferver à notre fiécle
» malheureux, un modéle digne
» des fiécles paffés.

Voilà la derniere lettre que je
vous citerai, dattée du 7 feptembre, de Twitnan.

MILORD,

« Quand vous irez à Dublin,
» où j'écris actuellement, je crois
» que vous ferez bien aife de voir
» notre ami le Doyen, auffitôt
» que vous le pourrez. Dites-lui,
» je vous prie, que par ma der-
» niere, qu'il doit avoir reçue à
» préfent, je lui donne les mar-
» ques les plus finceres de ma
» reconnaiffance, & les témoi-

» gnages les plus sensibles de mon
» amitié, qui ne finira qu'avec
» ma vie. Dites-lui aussi que j'é-
» terniserai ses grandes qualités,
» dont je suis le plus zélé admi-
» rateur, & que mes regrets l'ac-
» compagneront jusqu'au tom-
» beau.

En vous rapportant ces frag-
mens, je n'ai eu intention que
de vous convaincre de l'amitié
réciproque qu'il y avait entre
Swift & Pope, & qui a été aussi
durable, que pouvaient le desirer
leurs amis. Il est rare de voir régner parmi les Poëtes une amitié
aussi constante. Car *la véritable
amitié*, selon Cicéron, *provient
d'une intime conformité de nos
sentimens, qui nous représente
une image fidéle de notre ame &
de la vertu.* Lorsque l'amitié est
établie sur de pareils fondemens,
rien ne peut être capable d'affai-

blir ni de détruire les liens de cette union. Telle fut celle qui régna entre Atticus & Hortenſius, quoique l'un fût Stoïcien, & l'autre Epicurien. Tandis que celle d'Antoine, de Lepide, & d'Auguſte, fondée ſur le crime, ceſſa avec lui. Catilina même diſait que *la véritable amitié conſiſtait à n'avoir qu'une même volonté avec ſes amis* (1).

On ne voit plus d'exemples d'une amitié ſi conſtante & ſi rare. L'émulation, ce noble tyran des ames, détruit ſouvent l'union des Poëtes : comme ils fourniſſent avec autant d'ardeur la même carriere, il n'eſt pas étonnant que dans leur courſe ils s'efforcent de ſe ſurpaſſer. J'ai ſouvent réfléchi ſur certaines circonſtances qui ont rapport à

____

(1) *Idem velle ac idem nolle, ea demùm amicitia eſt.*

nos deux Poëtes : j'ai vu que les
différentes routes qu'ils avaient
prises dans la Poësie , & la distance qui les séparait , avaient
conservé entre eux ce commerce
d'amitié qui les unissait ; au lieu
que s'ils avaient habité la même
ville, la noire & basse jalousie aurait peut-être allumé le flambeau
de la discorde. Il est bien plus aisé
de rectifier les erreurs, & de cal-
mer les aigreurs qui se sont glis-
sées dans une lettre , que de perdre le souvenir des paroles dures
& dictées par la colere, qui font
toujours une vive impression dans
l'esprit de l'offensé. *On oublie
une injure écrite , en la rayant ;
mais quand on nous la dit en
face , on s'en souvient toujours* (1).

Il est rare que les hommes se

(1) *Vox audita manet , littera scripta perit.*
Cette pensée paraîtra fausse à bien des personnes.

foumettent à la critique ; le
Doyen n'était pas certainement
de ce nombre. C'eftpourquoi je
penfe que la diftance qu'il y avait
de lui à fes amis, fut en partie
la caufe de leur amitié réciproque.
Je puis vous répéter encore
que, pendant tout le tems de leur
correfpondance épiftolaire, il ne
s'eft jamais élevé des conteftations
entre Swift & Pope.

Swift a répandu dans tous fes
ouvrages le même efprit d'enjouement
qui lui était naturel. Toute
autre perfonne, qui aurait écrit
avec la même liberté d'expreffion,
aurait paffé pour un impertinent.
Cette liberté produifit
les effets qu'il en attendait ; fa
hardieffe & fa confiance exceffive
lui donnerent plus de crédit,
que la profonde & rampante humilité,
que la plus grande modeftie
n'en donnent aux autres.

Ses railleries piquantes produi-
faient fouvent des effets agréables. Il ne loua jamais que le
vrai mérite. Un feul trait de fa
plume plaifait davantage & lui
attirait plus d'honneur, qu'une
longue & fade dédicace n'en attire à la plupart des Auteurs. Son
ftile était nerveux, précis &
clair. Si nous le comparons avec
celui de fes prédéceffeurs, nous
verrons que le fien l'emporte.
Nous devons le regarder comme
le premier des bons Ecrivains
d'Angleterre.

Bacon (1) eft le premier qui a
écrit dans tous les genres, felon
le goût de fon fiécle. Mais je
crois que Swift & fes contemporains ont porté notre langue
à fa plus haute perfection, fans

(1) Bacon, fameux Chancelier d'Angleterre, né à Londres en 1560, mort pauvre
& malheureux, le 9 avril 1626, âgé de 66 ans,

le secours de Longin & de Quin-
tilien, & même sans dictionnai-
re ni grammaire. Bacon écrivait
avec un fonds inépuisable de connaissances. Il traite de chaque
science avec une facilité éton-
nante ; il paraît tout à la fois
Philosophe, Historien, Politique & Théologien. Mais sa dialecte (prenez-y garde) est un
jeu de mots emphatiques, sur-
tout lorsqu'il trouve l'occasion de
louer son maître & ses favoris.

Si vous faites attention à la
prose de *Milton*, vous la trouverez plus nerveuse qu'élégante,
& plus sublime par la force de
ses pensées, que par la beauté
de l'éloquence. Sa diction ex-
pressive, ses périodes nombreu-
ses, & cette noble harmonie qui
régne dans sa versification, ces-
sent aussitôt qu'il écrit en prose.
Cependant, malgré ces défauts,

qu'on lui doit passer comme Poëte, on doit le regarder comme
le seul savant de son siécle. Il
est certain que l'étude continuelle
qu'il faisait de la langue Latine,
peut avoir contribué aux négligences de stile, dans lesquelles il
est tombé fréquemment dans sa
langue naturelle.

Harlington a ses admirateurs.
Il peut avoir encore une certaine réputation; mais je trouve son
stile dur. Un moderne l'a sur-
passé dans son genre de politique. Je veux dire *Algeron Sid-
ney*, dont les traités sont admi-
rables, & renferment une vaste
connaissance de l'histoire, soutenue par une diction claire &
pleine de sens; de sorte que son
nom, selon moi, mérite un
rang bien plus distingué au temple de mémoire, qu'il n'en a eu
jusqu'à présent.

Clarendon eſt un Hiſtorien dont la fidélité , la force & la nobleſſe d'expreſſion lui ont mérité la préférence ſur tous nos Biographes. Mais ſes périodes ſont ſi longues, qu'elles font languir la phraſe : ſes parentheſes trop fréquentes coupent le ſens de ſa narration. Au reſte les négligences qui fourmillent dans tous ſes ouvrages, ſont ſi naturelles , qu'elles ſeront toujours pardonnables.

Peu de nos Anglais ont acquis la réputation d'Ecrivains élégans & correaaaa, comme *Sprat* (1), Evêque de Rocheſter , & peu d'hommes l'ont moins mérité. Plus je relis ſes ouvrages , plus je ſuis ſurpris d'où peut lui

(1) Sprat, Poëte Anglais, né en 1636, mort le 31 mai 1713; Auteur de pluſieurs ouvrages, & entre autres de l'Hiſtoire de la Société Royale de Londres.

être venu une si grande réputation. Je ne dois l'attribuer qu'à
Cowlai, qui, dans une piéce de
vers élégans, a célébré son ami
Sprat pour sa grande éloquence,
son esprit, & pour un certain stile
naturel, que le Poëte compare
sans façon à la Tamise, dont les
eaux suivent leur pente naturelle, & déploient dans leur cours
les plus riches beautés de la nature. Mais les Poëtes & les Peintres ont leurs héros favoris, qu'ils
transmettent à la postérité sous
les couleurs qui leur plaisent. Si
je m'en souviens, je crois qu'en
relisant les ouvrages de Sprat, le
stile m'en a paru ressembler à ces
bateaux inutiles, qui vont &
viennent sur la Tamise, plutôt
qu'au courant noble & doux de
cette riviere.

Temple est un Ecrivain négligé avec élégance, savant avec
politesse

politeſſe, & d'une aimable familiarité.

Je viens de vous donner, mon
cher Hamilton, une idée des plus
célébres Ecrivains Anglais, pour
vous faire connaître la ſupério-
rité que le Doyen a ſur eux.
Mais il n'a pas été le ſeul qui
ait eu des droits à la couronne
de laurier, il avait des concur-
rens dignes de lui. Le Triumvi-
rat ; à qui nous devons ces ri-
cheſſes inconnues aux anciens,
ſont *Swift*, *Addiſſon & Bolingbroke.* Le nom de ces grands
hommes a fait ceſſer toutes les
diſputes, qui s'étaient élevées
ſur la préférence des anciens &
des modernes; & il a fait tomber la balance de leur côté. Notre ſiécle & tous ceux qui le ſui-
vront, ſe féliciteront d'avoir poſ-
ſédé de tels hommes.

Revenons à notre ami le Doyen
L

qui connaissait bien les vicissi-
tudes humaines, & les désagrémens qu'elles traînent après elles.
Swift a toujours tracé une image
agréable de la vertu, en lui op-
posant un tableau hideux du vice.
Comme *il* était naturellement
d'une humeur aigre, il s'est glissé
dans ses lettres une certaine ru-
desse, qui avait du rapport à son
caractere. Vous verrez avec plaisir que dans les conseils qu'il
donne à ses amis, & lorsqu'il est
question de parler de son mérite,
c'est toujours avec beaucoup de
prudence & de circonspection.
L'amour de la liberté lui avait
fait naître cette façon de penser.
C'est pourquoi je crois que tout
honnête homme doit avoir de
l'indulgence pour le Docteur
Swift,

Pope eut des talens différens
de ceux de son ami. Il avait une

imagination vive & délicate,
qu'il n'a jamais exercée fur des
fujets vains & chimériques. Son
jugement fe développa avec l'âge,
& crut avec lui. Il déploya toute
la force de fon génie dans fes
Epîtres morales & dans *fon Effai
fur l'homme*. Là le Poëte parle
le langage de la Philofophie. Son
fiftême moral charme plus par la
force de la vérité & de la raifon, que par la douce harmonie
qui lui donne tant d'agrémens.

Je crois que Pope n'a acquis
cette fcience difficile, que par
le fecours de Milord *Bolingbroke*,
qui avait une grande connaiffance des progrès & des limites de
l'entendement humain. Comme
Swift avait approfondi les paffions,
qui font parmi les hommes tant
de révolutions diverfes ; Bolingbroke étudia de bonne heure les
livres & les hommes : mais plon-

gé tour à tour dans les plaisirs
& dans les affaires, il parcourut
une immensité de choses à travers des lectures précipitées. Lorfque l'âge eut éteint le feu de ses
passions, il cultiva ses talens, les
perfectionna par des études sérieuses, & par de mûres réflexions. Il goûta dans sa retraite
tous les fruits de ses pénibles
veilles ; elles lui firent une réputation éclatante, qui a été igno-
rée du vulgaire. Cet aimable politique devint un Philosophe égal
aux sages de l'antiquité. La sagesse de Socrate, la noble élégance de Pline, & le génie
d'Horace, brillent dans ses écrits.

Il est tems, mon cher Hamilton, que je finisse ma lettre.
Soyez persuadé que je ne vous
en écris de si longues, que pour
avoir plus d'occasion de vous instruire, n'ayant rien au monde

qui me foit auffi cher que vous.

LETTRE XX.

J'Ai lu ce matin avec beaucoup d'attention une longue lettre de Swift à Pope, écrite de Dublin, le 10 janvier 1724, & qui m'a extrêmement fatisfait. Elle m'a paru contenir beaucoup plus de faits particuliers fur fa vie & fur fon caractere, que toutes les autres que vous avez vuës. Il refpire dans cette lettre un air de liberté & de fincérité ; elle eft adreffée à un ami intime, dans un tems où l'ambition était pouf-fée à fon dernier période. C'eft-pourquoi on doit la regarder comme la confeffion d'une per-fonne, qui, en quittant ce mon-de, defire feulement de juftifier fa conduite au yeux du public,

L iij

afin qu'on laiſſe en paix ſes cendres.

Cette lettre fut d'abord faite
contre un Juge d'Irlande, qui
s'efforçait de détruire la liberté
des Jurés (1), & conſéquemment

(1) Jurés, Hommes choiſis pour juger
d'un fait ſur la dépoſition des témoins, à
qui l'on fait prêter ſerment pour cet effet.
On appelle encore Jurés en Angleterre 12
perſonnes, dont le criminel convient, &
qui doivent prononcer s'il eſt coupable ou
non. Ces 12 Jurés doivent être de la même
claſſe, ou de pareille condition que l'accuſé.
Si c'eſt un étranger, il peut demander à être
jugé par ſix Jurés de ſa nation ; les ſix autres
doivent être Anglais. On en propoſe d'ordinaire 36, & l'accuſé eſt obligé d'en accepter
12 ; il peut recuſer les autres. Ces 12 Jurés
ſont préſens à toute l'inſtruction du procès,
qui ſe fait en public : après quoi ils ſe reti-
rent dans une chambre, où on les enferme
ſans feu ni chandelle, & ſans leur donner à
boire & à manger, juſqu'à ce qu'ils aient
déclaré d'un conſentement unanime, ſi l'accuſé eſt coupable ou non, du crime dont il
eſt accuſé : ſur quoi le juge lui impoſe la
peine preſcrite par la loi ; car les Jurés ne
prononcent que ſur le fait.

l'effence de la liberté & de la
fureté, dont nous avons droit de
jouir par la conftitution de notre
gouvernement.

Le Doyen défapprouve har-
diment toutes les pourfuites ri-
goureufes que l'on fait contre
les perfonnes fufpeétes de crime
non avéré, & fur de fimples dé-
lations. Ce fujet m'invite à vous
mettre fous les yeux quelques
articles d'un livre, qui m'a inftruit agréablement. Je veux dire
l'*Efprit des Loix* de Monfieur
de *Montefquieu.* Je vous recom-
mande la leéture de ce livre ; il
mérite toute votre attention.

L'Auteur de ce grand ouvrage
obferve que les dénonciateurs ont
été excités & récompenfés fous
les gouvernemens les plus tyran-
niques. Sous le régne de Tibere,
on les revêtit des ornemens triom-
phaux, & on érigea des ftatues

L iv

en leur mémoire. Sur le moindre foupçon d'une prétendue con-
juration contre Néron, ce Prince
cruel accordait aux délateurs les
honneurs du triomphe. Ce Philofophe dit, dans une autre
partie de fon livre, que dans la
Turquie, où la vie, l'honneur,
& les biens des citoyens font
foumis au defpotifme, toutes les
caufes font jugées en dernier ref-
fort par le Bacha préfident. A
Rome, les Juges ayant déclaré
que la perfonne accufée était coupable de crime, on confultait la
loi pour le punir. Après plufieurs
autres exemples fur le gouvernement defpotique, ce grand homme démêle & admire le gouvernement d'Angleterre. Il dit
que les Juges décident fi le fait
qui a été porté devant eux, eft
prouvé ou non: s'il eft prouvé,
le juge prononce la peine que la

loi inflige pour ce fait; & pour
cela le Juge n'a befoin que d'ouvrir les yeux. Si M. de Montefquieu avait lu les lettres de
Swift, ou s'il s'était fouvenu de
plufieurs autres faits notables de
notre hiftoire, il aurait remarqué
que les Juges ont été fouvent
fourds aux cris répétés des Jurés,
qu'ils n'ont pas même fermé les
yeux fur nos loix ; mais qu'ils
ont toujours confervé cet air févere & terrible, que l'Empereur
Commode a dans fes ftatuts.

La loi fondamentale a donné
le droit aux Jurés de juger ; &
cette loi eft généralement regardée comme une des branches les
plus excellentes de notre conftitution dans la théorie, ou du
moins elle nous paraît telle. Dans
fon origine, les Jurés doivent
être des bourgeois du voifinage,
d'une fortune honnête. Ils ne

L v

doivent s'intéresser en aucune façon pour les parties, & ne pancher ni pour les unes ni pour les
autres. En cas de trahison, l'accusé a le droit de se faire juger
par trente-cinq Jurés; quand il
est condamné à mort, il peut en
demander vingt, sans donner
raison de l'appel. Il me paraît
qu'il n'y a rien de si équitable,
& de si consolant pour un criminel. Mais par malheur nos Jurés sont des hommes d'une basse
condition & peu intelligens. Cependant ils jugent bien des causes difficiles, soumises à leur dé-
cision; tandis qu'ils ne sont pas
capables de prononcer sur de pareilles matieres. Il arrive pourtant que les Juges démêlent souvent la nature de la question,
& leur citent la loi qui y a rapport. Ainsi s'ils ne péchent pas
par défaut de lumiere, je crains

que ce ne foit quelquefois par leur état d'indigence, qui les force à fe laiffer corrompre. Dans ce cas, cet abus tombe plus fur la coutume, que fur l'inftitution elle-même.

Le point le plus critique eft le pouvoir que deux ou trois d'entre eux ont de faire donner les voix; de forte qu'on en délibére enfuite par la force de la conftitution, plutôt que par la conviction de la confcience. On peut dire en paffant que les miférables font quelquefois pendus pour faire dîner leurs Juges. Mais revenons à la lettre du Doyen.

Swift dans cette lettre donne des marques de fon attachement immuable pour l'Irlande. Ce zéle patriote ne venait que d'un amour pour la liberté, qui lui faifait haïr & méprifer fouverainement les hommes en place, dont il n'avait reçu aucun bienfait. Malgré cela, il travaillait par ses écrits au bien de leurs descendans, & il les forçait même à applaudir à tout ce qu'il faisait. La conduite qu'il tint dans l'affaire d'Irlande, fut si sage & si judicieuse, qu'elle lui attira non la louange, mais toute la confiance de la nation, qui est rarement portée à connaître ses vrais intérêts, & qui se défie toujours des avis contraires au gouvernement.

Les principes du Docteur Swift sur la politique sont fondés sur cette belle maxime, que *l'intérêt du peuple est la premiere de toutes les loix* (1). Il renonça d'abord lui-même au Jacobisme. Il parle ensuite de la révolution, comme un expédient dangereux,

(1) *Salus populi suprema lex.*

qui jette souvent dans de tristes embarras. Il déclare son antipatie mortelle pour les armées, que l'on tient sur pied en tems de paix : il adore la sage & noble institution qui a rendu nos Parlemens annuels : il aime mieux conserver un bien fond, que d'en recevoir les rentes. Ensuite il fait éclater sa haine sur la suspension des loix ; d'où dépend la liberté des sujets. Quand vous aurez examiné ces différens articles de politique, vous verrez qu'aucun parti n'a eu l'avantage de le posséder ; car il n'était ni Whigh, ni Torri, ni Jacobite (1), ni Républicain, mais seulement le Docteur Swift.

Le jugement qu'il a porté sur la décadence prochaine des let-

_____

(1) Secte très-connue en Angleterre. On donne aussi le nom de Jacobite aux Anglais du parti du Roi Jacques.

tres, eſt ſolide & juſte : il attribue cette maladie épidémique de
de la nation aux puiſſans effets
du luxe de notre ſiécle : il en
montre des exemples dans les
encouragemens des factions , &
autres amuſemens publics, qui
contribuent tous à accroître le
déréglement & l'ignorance , &
à perpétuer le vice. Tout ce qu'il
dit là-deſſus , ſent plus le Philoſophe , que le Théologien ; & ſa
conclusion nous développe ſon
ame toute entiere.

Voici ſes termes : « Cette let-
» tre doit convaincre pleinement
» mes amis , & les perſonnes qui
» s'intéreſſent à ma gloire ; je puis
» dire que je n'ai jamais été un
» auſſi mauvais ſujet & un Au-
» teur auſſi inſipide , qu'on l'a
» dit dans des libelles diffama-
» toires, où la noire calomnie
» m'imputait des principes dan-

» gereux fur le gouvernement
» que j'ai toujours abhorré, &
» des productions infipides que
» je fuis incapable de mettre au
» jour. Quoique j'aie enduré les
» traitemens les plus injurieux,
» & les fecouffes les plus cruel-
» les, je n'ai jamais donné au pu-
» blic des marques de mon ref-
» fentiment. Je fuis trop inftruit
» à mon âge, & je n'irai pas ter-
» nir ma réputation par des fati-
» res offenfantes. Si mon efprit
» & mon génie ont baiffé &
» vieilli avec moi, je fuis au
» moins affez prudent pour ne
» pas m'entêter fur les fujets que
» j'entreprens de traiter, & qui
» demanderaient peut-être toute
» la vigueur de ma jeuneffe.

J'avais choifi cette lettre particuliere, comme une des plus
importantes & des mieux écrites
de toutes celles que le Docteur

nous a laiſſées. Mais comme je vous ai promis de vous dire mon ſentiment ſur tous ſes ouvrages, je vous avouerai franchement que cette lettre n'a pas répondu à mon attente. La table promet de grands tréſors, par les noms illuſtres dont elle eſt remplie. Mais quand vous la lirez, vous trouverez à peine quelques inſtructions morales, quelques penſées, & point de ces queſtions ſublimes, qui s'agitent naturellement parmi les eſprits ſupérieurs. Ce qui eſt encore plus ſurprenant, vous y découvrirez rarement des traits ſatiriques, & des ſaillies vives & legeres. J'ai ſouvent entendu dire au Doyen, que quand il commençait une lettre, il ne la quittait plus qu'il ne l'eût finie. Il donnait par-là à entendre qu'il ne poliſſait pas ſon ſtile. C'eſtpourquoi ſes lettres ſont de

vraies images de fon ame ; elles
refpirent un aimable naturel avec
beaucoup de fincérité. Dans fes
diverfes correfpondances vous
trouverez des marques d'un ami
empreffé, prévenant, & quelquefois à mon grand plaifir, je
trouve en lui le mifantrope, réu-
ni à l'homme de bon naturel.
Lifez fes lettres à Gai (1), vous
ferez peut-être de mon avis ; lifez celles à Sheridan au huitiéme
volume : elles vous confirmeront
de plus en plus dans cette opinion. Nous travaillerons enfuite
de concert à détruire les traits
fatiriques, les railleries fines, &
nous remettrons chaque chofe à
fa place. Dans les endroits où il
paraît avoir écrit avec modération, fes expreffions fentent plutôt la fierté, que le ftile d'un

(1) Voyez le tome fept des ouvrages de
Swift.

homme de bon naturel. Mais il ne faut pas le regarder comme un voyageur qui a pris la route ordinaire ; c'eſt un homme (1) qui entortille ſon raiſonnement, & qui tourne les objets dans un ſens contraire à ſa véritable intention. Lorſqu'il paraît être en colere, il eſt fort tranquille. Affecte-t-il d'être humble , il eſt orgueilleux. Tel était l'homme, & tel il a fallu le peindre.

Les lettres du Lord Bolinbroke que renferme ce recueil , ſont écrites avec une élégance, & une pureté qui les a diſtinguées des autres : elles nous font voir qu'il ne les avait pas deſtinées à l'impreſſion. Mais de quel prix ne ſont pas les traits de plume les plus négligés d'un tel Ecrivain ?

Celles de Gai n'ont rien de

(1) Swift a été appellé le Rabelais de l'Angleterre.

frappant ; les sentimens dont elles sont remplies, sont ceux d'un
honnête homme indolent & de
bon naturel. Gai aima le Doyen
avec beaucoup d'ardeur & de
sincérité, & son amitié fut payée
d'un sincere retour. Swift lui
écrit de la même maniere qu'il
aurait fait à son fils. Il semble
même que Gai ait été celui de
ses amis, avec lequel il était le
moins réservé. Le Doyen lui fait
le détail de sa situation à Dublin,
& de la maniere oisive dont il y
passait son tems. Quelquefois il
prend le ton de l'ironie, & souvent le ton sérieux. Dans une
de ses lettres, du 28 août 1731,
il dit à Gai : *Mes premieres ba-*
gatelles qui ont vu le jour, sont
des rêveries nocturnes & philo-
sophiques, en comparaison de ce
qui m'occupe à présent.

Le Doyen se mettait tous les

jours dans le cas d'être censuré
par ses ennemis. Mais il trouvait
dans ses amis une grande ressource pour sa défense. Il a fait
gémir la presse sous un tas de
piéces fugitives très . mauvaises ;
& il a exposé au grand jour tous
les amusemens de son loisir , sans
jamais considérer que les personnes de grande réputation sont
plus exposées que les autres aux
regards perçans de l'envie.

Auguste dans son enfance s'a-
musait secretement des jeux innocens de son âge. Domitien se
délassait seul dans son cabinet à
prendre des mouches. Les grands
esprits ne peuvent pas toujours
être occupés à de grandes choses ; mais ils devraient au moins
cacher leurs amusemens. Cette
espéce de privation tournerait
alors à leur avantage. Si le Docteur s'était amusé à jouer pen-

dant plufieurs années aux épin-
gles , fur lefquelles il n'aurait
affurement rien fait imprimer,
il aurait moins perdu de fa réputation, qu'en compofant tant
de piéces fugitives, qui, de fon
propre aveu , occupent une place
confidérable dans fes ouvrages.

Je ferais ravi de trouver dans
ce recueil quelques lettres de
Arbutnot, quoiqu'il foit connu
pour un homme d'efprit & de
mérite. Il avait encore une qualité bien plus eftimable ; je veux
dire celle du cœur, qui lui faifait accueillir & eftimer tous les
hommes fans affectation, & qui
lui faifait furpaffer les plus généreux. Ses traits fatiriques les plus
piquans partaient de la main d'un
ami ; & au lieu de faire de profondes bleffures, ils ne fervaient
qu'à réjouir tout le monde. Il s'a-
mufait par fois avec fes amis , &

diffipait fon chagrin avec la bou-
teille ; mais il a toujours confervé le caractere d'un homme fo-
bre , & il a été regardé comme
un difciple digne de Socrate.
Rarement prenait - il le ton férieux, excepté pour attaquer le
vice : alors fon efprit mâle s'élevait avec force pour le détruire.
Son épitaphe fur chartres, eft
une compofition parfaite en ce
genre. Perfonne n'a répandu dans
fes écrits une fi belle morale.
Mérite d'autant plus honorable
pour lui, qu'il eft rare que les
grands génies la refpectent toujours. Dans la lettre qu'il écrivit
à Pope, étant au lit de la mort,
il montra une force d'efprit qui
ne peut venir que d'une confcience pure , & d'une vertu à
toute épreuve.

Le Docteur Swift foulagea la
douleur que lui caufaient la perte

d'Arbutnot & celle de Gai, dans
le sein de son ami Pope, en lui
faisant part de ses regrets. « La
» mort de ces deux amis, dit-il,
» a porté dans mon cœur une
» vive douleur. Je faisais toute
» ma félicité du plaisir innocent
» d'aimer & d'être aimé de ces
» deux agréables personnes; &
» quoiqu'ils ne m'en donnassent
» pas souvent des marques par
» des démonstrations vives &
» répétées , j'étais sûr de leur
» cœur, comme je le suis de vous
» & du Milord Bolingbroke ».
Ainsi vous voyez que l'union de
ces hommes était à peu près semblable à celle de ce groupe d'a-
mis, que l'on vit sous Auguste.
Comme leurs lettres n'ont pas
été imprimées, je me suis peut-
être écarté mal à propos , pour
chercher des pierres précieu-
ses ; au lieu de m'être contenté

des chofes que je trouvais fous
ma main. Souvent le nom des
perfonnes peut nous en impo-
fer ; mais il n'eft pas croyable
que ces Ecrivains nous euffent
laiffé des lettres familieres, différentes de celles qui ont été recueillies dans le feptiéme volume , & plus remplies des marques d'une amitié conftante &
réciproque, à la vérité trop fouvent répétées. Lorfque l'amitié
eft affermie par le tems, & que
rien ne peut l'altérer, les amis
doivent alors fe la rendre d'un
commerce aimable, & retrancher
ces fades complimens, qui font
toujours ennuyeux. J'admire dans
les lettres des anciens ces chutes
morales & fententieufes, & leur
précifion. *Si vous vous portez
bien, j'en fuis bien aife; je me
porte bien auffi. Adieu* (1).

(1) *Si valeas, benè eft; valeo. Vale.*

Je vous avoue franchement que
cette formule me femble préfé-
rable à l'ufage que nous avons
de charger les lettres de complimens pour toute la famille. Ce
ferait alléguer de mauvaifes rai-
fons, que de vouloir donner à
entendre que la langue Anglaife
n'eft pas propre pour le ftile épiftolaire. Mais elle eft certainement inférieure à la langue Françaife, qui abonde en toutes fortes de termes gracieux, que cette
aimable nation fait bien employer.
Madame de Sévigné a rempli fix
volumes de lettres adreffées à fa
fille. Elles font vuides de chofes;
mais auffi c'eft un fonds inépui-
fable de tendreffe pour fa fille,
& de bagatelles joliment répétées.
Cependant ces lettres fingulieres
font lues & relues tous les jours.
M. Péliffon a publié auffi trois
volumes de lettres hiftoriques:

M

elles font remplies de nouvelles
des gazettes ; elles nous appren-
nent le lever & le coucher du
grand Monarque de ce tems , &
tout ce qui se passait de singulier durant ses repas. Cependant
tous ces riens sont dits d'une maniere si agréable & si naturelle,
que j'ai de la peine à croire que
le galant Ovide eût pu le sur-
passer ; lui qui a si bien chanté
dans ses fastes l'antiquité des al-
manacs. Je crois pouvoir me dis-
penser de parler de Balsac & de
Voiture ; car je m'apperçois que
je m'écarte mal à propos de mon
sujet , pour tourner en ridicule
les Romains & les Français ; tandis que je dois me contenter des
Ecrivains de ma nation. Mais je
me plais à m'égarer avec vous,
& je cherche par-tout des sujets
qui puissent nous amuser agréablement. Orreri.

P. S. Il y a à la fin du septiéme volume une piéce de 1714,
intitulée : *Penſées libres ſur l'é-
tat préſent des affaires.* Quand
vous l'aurez lûe, n'en dites mot.
Digito compeſce labellum.

LETTRE XXI.

MON CHER HAMILTON,

Il est presque impossible de savoir à quoi s'en tenir sur les derniers volumes du Doyen ; il y regne une confusion générale, & telle piéce qui est placée au commencement, devrait être des dernieres, suivant l'intention de l'auteur, qui a mis dans ses écrits chaque chose à sa place. Ainsi, pour se délasser quelquefois de ses occupations sérieuses, il faisait de petits legs qui portent avec eux un air de fine plaisanterie. Il a fait entr'autres donation de ses trois chapeaux, qui sont, dit-il, meilleurs les uns que les autres. Il légue à M. Jean Grattan une boëte d'argent pour y mettre du tabac, parce que cet homme en machait, & son coffre fort à M. Grattant, chanoine de Audeons, à condition qu'il en laissera la jouissance à Jacques Gratton son frere sa vie durant, parce qu'il en a plus besoin que lui.

L'inscription latine qu'il fit à la tête de son testament, peut vous rappeller la remarque que j'ai faite, en vous disant qu'il écrivoit mal en cette langue. Je crois qu'on ne peut pas écrire d'un latin plus dur : car il est à peine intelligible ; & si on l'entend, c'est avec beaucoup de peine. Enfin il feroit difficile au plus grand génie de le peindre tel qu'il a été avec des couleurs dignes de la postérité des siécles à venir.

Me voici à present en 1736, tems où le Doyen perdit peu à peu l'usage de sa raison. Je me souviens qu'étant occupé à la composition d'une satyre intitulée, *le Rendez-vous*, une fievre violente le saisit, & que les accès ayant redoublé, l'empêcherent de la finir. Depuis il ne fit plus rien ni en vers ni en prose; cependant il conserva dans la conversation la même vivacité qu'il avait toujours eue; mais sa mémoire s'affaiblissant à vûë d'œil, le chagrin s'empara de lui, & le pauvre docteur devint de jour en jour d'une humeur plus bizarre. Depuis l'année 1735, jusqu'à la fin de 41, ses amis voyant que sa maladie augmentait toujours, & qu'il avait entierement perdu l'usage de ses sens, prirent toutes les précautions convenables pour le dérober à la vûe des étrangers.

Enfin au commencement de 1742, les faibles & tristes restes de son jugement s'anéantirent, & il tomba dans un délire extrême.

Mais peu de tems après il fut plus tranquille ; il traîna le reste de sa vie dans cet état affligeant , & mourut vers la fin de 1745. Swift vit d'un œil serein les approches effrayantes de la mort sans la craindre ; dans cet instant fatal , le transport cesse tout à coup , l'ardeur de sa fievre se calme, & il surprit par sa mort la vigilance de ses domestiques. Tout homme qui pense doit souhaiter une si douce mort. Swift fut toujours insensible au plaisir & à la douleur : il retomba dans l'enfance,& dans ses dernieres années il fut privé de l'usage de la parole. Un pareil exemple devroit bien mortifier notre vanité ; au moins il fait bien rabattre la belle description que Shakespeare (1) a faite de la nature

(1) Shakespeare , le plus célébre Poëte tragique que l'Angleterre ait produit , né à Stra-

humaine , & dans laquelle il vante
beaucoup l'excellence de notre
être , la noblesse de notre ame ,
la varieté de nos talens, l'étenduë
de notre esprit , la sublimité de
notre génie , image de la divinité.

Ainsi peignent les poëtes ; mais
toutes leurs peintures sont vaines
& périssables. Le moindre soufle,
le moindre bruit du tonnerre les
réduit en poudre , & ne leur laisse
pas même leur forme.

Swift, comme je vous l'ai déja dit,
prévoyoit ses malheurs. La perte
de sa mémoire me rappelle ses
craintes ; il voyoit à regret l'état
d'enfance & d'imbécilité , dans
lequel plusieurs grands hommes
d'Angleterre étoient tombés a-
vant leur mort. Il en avait un
exemple contemporain dans la

ford en 1564. mort en 1616. âgé de 55. ans.
Il fut chéri & récompensé , & on a érigé plusieurs superbes monumens à sa mémoire.

personne du duc de Malborough,
& dans celle du milord Somers.
A ce triste souvenir, un sombre
nuage se répandoit tout à coup
sur son front, inquiet & chagrin
de voir dans ces illustres malheureux l'image de ses propres malheurs. Le docteur Swift a fait en
mourant un legs particulier de
24000 liv. & il a laissé le reste de
son bien pour la fondation d'un
hôpital de fous de toute espece.
Fondation charitable & d'un très-
grand avantage pour les trois
royaumes, où les maladies du
cerveau sont si fréquentes, qu'ils
ne fourniront que trop de malheureux pour remplir toutes les
loges qu'on leur a bâties.

Je crois qu'on ne doit attribuer
la folie qu'à une imagination
dépravée : elle tire son origine
d'une mauvaise constitution du
corps, qui influe sur l'esprit. Nous

M v

avons tous les jours devant nos yeux des exemples, où dans les accès de fievre un violent délire renverfe tout à coup notre jugement : le tranfport augmente & ceffe à différentes reprifes ; mais il ne devient pour l'ordinaire incurable, que quand il augmente par degrés, & il dure fouvent jufqu'à la mort. Rien ne difpofe plus fortement l'efprit, à cet état dépravé, qu'une attention trop affiduë, & trop réflechie fur le même objet. (1) Loke, fi je m'en fouviens, définit la folie, *une idée fixe, ou un cahos d'idée qui fait un fi grand embarras dans l'efprit, qu'il empéche le développement des autres.*

La folie eft gaye ou trifte, tran-

---

(1) Loke, philofophe Anglais, né à trois petite lieuës de Briftol en 1632. mort à Dates, à 10. lieuës de Londres, en 1704. âgé de 73. ans.

quille ou emportée, felon que les
objets fe préfentent différemment
à l'efprit. Il eft donc certain que
nous devons employer la force de
notre efprit même dans la recherche des connoiffances avec beaucoup de ménagement, & feulement pour varier nos idées par un
exercice qui nous amufe; c'eft le
moyen de nous mettre à l'abri des
puiffans effets que les paffions
peuvent faire fur nous par la longue habitude qu'elles ont à nous
dominer. Les paffions font femblables à des vents légers, que
nous devons appaifer dans leur
naiffance, de peur qu'ils ne s'é-
levent enfuite comme une tempête.

L'amour malgré fon charmant
cortége, a befoin qu'on lui im-
pofe de févéres loix, autrement
il tourmenteroit notre cœur,
toujours fenfible à fes tendres

M vj

plaintes. L'amour fait naître dans l'esprit un germe de folie, qui va quelquefois jusqu'à la fureur.

La religion qui seule peut nous faire goûter les douceurs d'une félicité parfaite & durable, est notre plus sûre défense contre nos passions : mais quand nous portons l'audace jusqu'à vouloir approfondir ses mysteres, & percer ses voiles impénétrables à nos faibles regards, notre esprit succombe, la raison s'égare, & elle nous précipite dans ces demeures sombres, où tant de malheureux en proie à leur fureur, maudissent la lumiere céleste, & empoisonnent le peu de jours qui leur restent.

L'avare toujours envié, méprisé, haï, est une sorte d'insensé qui entasse l'or avec le chagrin : ses regards criminels rallument sans cesse la cupidité qui le brûle, & il est lui-même l'artisan de son malheur au milieu d'une inutile opulence. Il redoute les triſtes approches de l'éfrayante pauvreté, il ſe refuſe tous les beſoins de la vie, & meurt indigent ſans en avoir connu les douceurs.

Dans une autre claſſe de folie, les hommes ſont réellement plus heureux que dans leur bon ſens. Vous vous rappellez ſans doute l'avanture du citoyen d'Argos, qui après avoir pris une doſe d'hellébore(1)s'écria: *je jure par Jupiter, que bien loin de me rendre la vie vous m'avez donné la mort en m'arrachant aux plaiſirs que je goûtois, en me faiſant ſortir d'une erreur qui faiſait mes délices.* (2) Voilà à peu près l'image des fous.

---

(1) Plante médicinale qu'on employoit autrefois pour guérir de la folie.

(2) *Pol me occidiſtis, amici, non ſervaſtis ait, cui ſic extorta voluptas & demptus per vim mentis gratiſſimus error.* Horat.

agréables , qui au milieu de leur ténébreux féjour , & contens de leurs haillons , s'admirent avec complaifance. Quand ils peuvent fe montrer à la fenêtre, ils croient captiver tous les cœurs. Un tel homme n'eft-il pas plus heureux dans fa folie , que dans fon bon fens ?

Il feroit prefque impoffible de détailler toutes les différentes ef-peces de folie qui font infinies ; & l'on peut dire que c'eft un rare bonheur d'avoir l'efprit fain , quand le corps eft malade.

Plufieurs perfonnes doivent leur réputation à quelque grain de fo-lie, & d'autres par une trop grande élévation du génie , ont été pla-cées au rang des infenfés. *Hypocrate* que vous devez compter parmi les bons auteurs Grecs , auffi bien que parmi les grands mé-decins , en donne un exemple

remarquable dans une de ſes lettres ; le peuple de Thrace l'envoya chercher un jour pour gué-
Democrite de ſa . prétenduë
folie ; mais à ſon grand étonne-
ment il le trouva le plus ſage de
ſon ſiecle. Sa façon de vivre & de
raiſonner, firent penſer à *Hipo-*
crate, qu'à l'exception de *De-*
mocrite, tout le reſte du monde
étoit fou. Il eſt très-ſûr que cette
folie eſt auſſi ancienne que l'homme.

Il y en a eu pluſieurs exemples
chez les Grecs & chez les Romains. Parmi les Juifs on raconte
l'enthouſiaſme de Saul, & le délire de Nabucodonoſor : je crois
que cette folie a attaqué tout le
monde ; elle a été long-tems regardée comme une inſpiration divine : les Sibiles furent obligées
de prendre le ton, les airs de la folie, pour maſquer leurs prophé-

ties fous les dehors impofans d'un
facré délire. Le peuple ignorant
& crédule, tire toujours des con-
féquences. avantageufes de ce
faux prodiges ; & il regarde les
prétendus infpirés comme les mef-
fagers des Dieu envoyés fur la
terre pour annoncer leurs volontés fuprêmes ; auffi bien loin qu'ils
attirent les malédictions du peuple, ils en reçoivent l'hommage
& l'encens qui ne font dûs qu'à
Dieu. N'a-t-on pas vû de tout
tems avec douleur les miniftres
des autels deftinés pour prêcher
l'évangile, abufer de la crédulité
aveugle du peuple par de vaines
fubtilités & des fermens falla-
cieux pour fatisfaire leur ambition immodérée, & innonder la
terre par un débordement ef-
froyable de crimes atroces.

Les lunatiques font ainfi appellés à caufe de l'influence que

la lune semble avoir sur les
corps ; quand son pouvoir attrac-
tif est dans toute sa force, la pres-
sion de l'athmosphere étant di-
minuée , par ce moyen les hu-
meurs du corps sont plus rarefiées,
& produisent une grande pléni-
tude dans les vaisseaux du cerveau.

Le sçavant M. Mead dans son
traité *de insania*(1), dit que le sang
des personnes qui ont été sujettes
à cette maladie , est épais & blanc,
il ajoûte qu'en disséquant leur cerveau , il paroissoit toujours sec,
& leurs vaisseaux pleins d'un sang
noir qui couloit lentement. De-là
nous pouvons en quelque façon
connoître la principale source de
la folie du Docteur Swift. Elle
prevenoit probablement de son
air sombre , noir, & de son hu-

[1] Il fait partie de l'ouvrage intitulé,
Monita & præcepta Medica.

meur bilieufe. Auffi avait-il quelquefois pendant un long efpace
de tems les yeux fixés & comme
immobiles.

Horace attribue la fureur d'O-
refte à des caufes phifiques, lorfqu'il dit, *que ce qu'il appelle fu-*
rie, n'eft autre chofe que la bile
qui l'agite. (1) Les maladies ori-
ginaires du cerveau troublent &
affectent fouvent le corps par degrés, furtout dans ceux qui ont
du penchant à cette maladie.
Mais pourquoi eft-elle fi conta-
gieufe dans les trois royaumes? Je
crois qu'elle peut venir de la
groffiereté de notre climat, ou de
l'ufage immoderé des liqueurs
fpiritueufes. Notre climat eft fi
varié & fi changeant, notre ath-
mofphere eft fi chargé de vapeurs
fulfureufes & de brouillards, que

[1] *Vocando hanc furiam, hunc aliud*
juffit quod fplendida bilis.

ces caufes font néceffairement un grand effet fur l'impatience naturelle & l'inconftance des habitans. Nous fommes naturellement portés à écouter les paffions qui nous agitent & qui ébranlent notre ame, & elles font de fi vives impreffions fur l'efprit, qu'elles ne s'effacent jamais. Notre plus grand bonheur, qui vient de la liberté de nos loix, contribue en quelque forte à ces mouvemens de folie, qui finiffent fouvent par les meurtres les plus affreux, tels que le parricide & le fuicide.

Ces malheureux criminels peuvent être mis au rang des infenfés les plus dangereux, puifqu'ils font capables d'offenfer l'Etre fuprême en s'arrachant la vie, que lui feul a droit de nous ôter, parce que lui feul a droit de nous la donner. Perfonne ne peut de fang froid préferer la mort à la vie ; les de-

firs qui nous font aimer notre
exiftence font trop forts & trop
naturels ; nos idées fur l'avenir ne
font pas affez claires pour nous
faire précipiter ainfi dans une
éternité obfcure qui nous eft incompréhenfible. La nature humaine craint & abhorre fon a-
néantiffement ; le philofophe at-
tend la mort fans la craindre , &
il la regarde comme un accident
néceffaire. Cependant il met tout
en œuvre pour prolonger fes jours,
& pour éviter tout ce qui pourrait lui donner la mort avant ce
tems. Le guerrier va au devant
d'elle , plus par les vains preftiges
de la gloire , que par les invita-
tions de la nature , fa réputation ,
fa fortune , tout ce qui peut lui
être cher , lui fait braver la mort;
il s'expofe hardiment au danger ,
parce que le moindre pas qu'il ferait pour fauver fa vie , le ferait

méprifer & traiter de lâche. Mais
quel eft l'homme affez téméraire
pour ofer fe donner la mort, à
moins qu'il n'y foit excité par
une rage & une folie extraordinaire?

Dans le pays, où le pouvoir
defpotique eft établi, les fujets
vivent dans une crainte continuelle, & dans un dur efclava-
ge; toutes leurs paffions y font
affujetties. De forte qu'il eft arrivé moins d'exemples de fuicide
dans les gouvernemens defpoti-
ques, que dans les pays libres,
où les paffions font plus à leur
aife.

L'air, les alimens & la conftitution politique d'un pays, font
les différens caracteres de la nation. Mais comme les marques
caracteriftiques changent avec le
tems, les habitans fouffrent auffi
cette métamorphofe. Combien

font différens les Italiens modernes, des anciens Romains! Si
Brutus vivait à préfent, il ferait
probablement décoré du chapeau
de Cardinal, & la thiare ferait
donnée unanimement à Céfar.

L'état mélancolique du Docteur Swift, m'a jetté dans une
longue digreffion; lorfque je
vous écris, mon fils, je donne
un libre cours à mes penfées, &
je fors infenfiblement de ma fphere. Je travaille à vous mettre fous
les yeux toutes les obfervations,
qui me paraiffent propres à vous
être utiles dans le cours de la vie.
Mais à quoi bon vous parler encore des triftes effets de la folie?
C'eft feulement pour vous faire
connaître en général, que la tempérance, l'exercice, la Philofophie, & la religion font les plus
fûrs moyens pour rendre l'homme vraiment heureux, & pour

le préferver d'une maladie con-
tagieufe, à laquelle les habitans
de ce Royaume ne font malheureufement que trop fujets.

L'état d'imbécillité eft moins
déplorable & moins chagrinant,
que celui de la folie. Les imbécilles ne font pas agités par de
violentes paffions. Leur innocen-
ce excite la pitié, & nous fait
craindre cet état. Le proverbe
dit qu'*ils font les enfans gâtés
de la fortune.* Mais je fuppofe
qu'il fait feulement allufion à ces
fous, qui ont affez de préfence
d'efprit pour compter jufqu'à
vingt. Ceux-là ne font pas même imbécilles aux yeux de la loi.
Les fous reconnus pour tels doivent leur maladie à une mauvaife conftitution du cerveau, à
des accidens de naiffance, ou à
un refte de fievre, & à d'autres
maladies violentes. Le dernier de

ces cas était celui du Docteur,
selon ce que m'en ont écrit deux
de ses parens, M. Withuay, &
M. Swift. Mais ni l'un ni l'autre
ne m'ont parlé d'une incommo-
dité qu'il avait à l'ouïe, & qui le
faisait de tems en tems bien
souffrir. Il s'en plaint dans plusieurs endroits de ses ouvrages,
& sur-tout dans les lettres à Sheridan. Peut-être le mal avait-il
gagné le nerf auditif, & s'était-
il augmenté par dégré, au point
d'altérer la source des idées.

Je viens de vous faire connaître les avantages, que l'on trouve dans l'état d'imbécillité. Mais
je ne dois pas oublier les honneurs qu'on rendait anciennement aux imbécilles. Les Cours
de France & d'Angleterre auraient cru manquer de quelque
ornement, si elles n'avaient pas
eu à leur suite un imbécille, aimé

mé du Prince, décoré du titre
de *Bouffon du Roi*, & diftingué
par un bonnet garni de fonnettes,
comme fon maître l'était par fon
manteau Royal. Cet homme ,
femblable à Brutus, prenait fouvent la figure d'un fou , pour
mettre à profit fes extravagan-
ces , & pour dire impunément
des vérités qui, dans la bouche
d'un homme fenfé, lui auraient
été préjudiciables. Si cet imbécille n'avait pas la gloire de fauver fon pays comme Brutus, il
avait au moins affez de bon fens
pour faire fa fortune. Ses bons
mots , fes plaifanteries étaient
fouvent très-fatiriques; & on les
a recueillies avec foin. Telle fut
la fameufe repartie d'*Archy* , qui
dit un jour au Roi Jacques : *Sire,
Votre Majefté avec toute fa prudence , a fait la folie d'envoyer
fon fils unique en Efpagne.* Les
N

fous d'à-préſent ne regnent pas
long-tems dans ces Cours; ou
s'il en eſt encore, ils n'ont plus
de bonnet à ſonnettes.

Je ſuis, mon très - cher fils,
&c. Orreri.

LETTRE XXII.

LE traité intitulé, *Avis aux Domestiques*, est la dernie-re piéce que Swift n'ait pas eu le tems d'achever avant sa mort. Il devait y ajouter une préface & une épître dédicatoire. Je crois que ce petit ouvrage est posthu-me, c'est-à-dire, qu'il n'a vu le jour qu'après la mort de son Au-teur. Mais je me souviens de l'a-voir lu manuscrit du vivant mê-me du Doyen, & il me fit beau-coup de plaisir. Dès qu'il parut, il fut généralement applaudi; & à vous parler franchement, je trouve que les Avis aux Dome-stiques sont écrits avec beaucoup de legéreté & d'enjouement. Tou-tes les fois que je fais attention aux fautes, ou que j'épluche scru-

N ij

puleusement les diverses ruses &
les fourberies des domestiques,
sur lesquelles il s'étend dans cet
ouvrage, j'ai de la peine à croire
qu'il ait employé beaucoup de
tems à un écrit, qui, malgré la
précipitation, fourmille cependant de très-belles pensées, telles
qu'il en a employées plusieurs
fois sur des sujets aussi communs.
On doit regarder cet écrit comme un ouvrage, où il a fallu
toute la force d'un esprit supé-
rieur, pour l'exécuter avec autant de succès. Un homme d'un
génie aussi rare & aussi sublime
que celui du Docteur, aurait dû
porter ses vues dans des régions
plus élevées, & plus dignes de
lui. Un aussi grand maître aurait
dû regarder d'un œil de complaisance ces hommes d'un talent
médiocre, & prêter une main
secourable à ces jeunes nourris-

fons, que la nature femblait lui
mettre entre les mains pour les
inftruire, les encourager & les
perfectionner. Les grands talens
font des préfens du ciel; ceux
qui les ont reçus, font compta-
bles à Dieu & aux hommes de
ces dons précieux. Le Docteur
plaifante quelquefois gravement,
ou traite ironiquement des fujets férieux; mais ne fuivons pas
fon exemple, & laiffons du moins
à ces victimes malheureufes des
caprices & d'une aveugle fortune, l'affligeante liberté de foulager leurs peines par des plaifirs
innocens. Swift paraiffait contre-
dire cette noble façon de penfer;
efclaves de fes paffions, elles lui
émoufferent de bonne heure le
fentiment, & lui firent fouvent
préférer les plaifirs à la vertu. Cet
égarement ne doit pas vous fur-
prendre; par-tout les paffions

N iij

font nos tyrans : morale, politique, religion, elles entrent par-
tout, & précipitent l'homme
dans un tourbillon d'erreurs ; toujours attentives à nous féduire
par leurs amorces attrayantes, elles étendent infenfiblement fur
nous leur empire, & bientôt nous
n'agiffons plus que par elles. C'eft
ainfi que le Doyen, lorfqu'il eut
une fois introduit la mode d'é-
crire des bagatelles, réfolut de
continuer à tout hafard dans ce
genre. Je voudrais de tout mon
cœur, pour fa gloire, qu'il eût
tourné fes penfées d'un autre
côté.

Les actions ordinaires des hommes fe perdent aux yeux de la
poftérité ; mais leurs actions mé-
morables, dès qu'elles font ex-
pofées au grand jour, excitent
l'envie, & la fageffe exige d'eux
qu'ils fe dérobent aux yeux du

public. Le Docteur aurait dû se
regarder comme élevé au-dessus
des autres hommes, comme un
prêtre d'Apollon ; & ne jamais
oublier que les rois & les miniftres des autels font expofés à la
cenfure.

Vous apprendrez avec furprife
comment cet homme vénérable
a pu tomber dans un état que
fes écrits ont avili, avant qu'il
eût perdu l'ufage de la raifon. Il
faut lui pardonner cette faute,
mon cher Hamilton ; & oublier
même certaines débauches d'efprit, aufquelles il s'eft livré quel-
fois pour amufer & pour plaire.

Les avis aux domeftiques font
fuivis de trois traités relatifs à
l'Irlande. Le premier a pour titre : *Humbles Remontrances faites au Parlement d'Irlande, pour
révoquer le texte facramental en
faveur des Catholiques.* Le fe-

N iv

cond renferme des moyens contre l'acte qui établit la dixme sur
le chanvre, le lin, &c pour un
tems limité. Le troisième traité
contient encore d'autres moyens
contre le même acte. L'objet de
ces traités ne mérite pas de fixer toute votre attention : mais
en récompense la beauté du stile
vous dédommagera de l'ennui ,
que pourrait vous causer la matiere. Ces trois traités sont entierement déplacés; & si on faifait bien , dans une nouvelle édition des ouvrages de Swift, on
les mettrait à la suite de ceux
qu'il a composés contre les Pré-
sbitériens. Le premier parut sous
le nom d'un Catholique ; & par
cette feinte l'Auteur attaque ses
adversaires avec beaucoup d'avantage. Il déclare librement plusieurs crimes atroces des Papi-
stes ; mais en même tems il les

pallie si adroitement, qu'à la faveur de ce personnage, il frappe
les plus grands coups sur les Pré-
sbitériens.

Un paragraphe tiré de cet écrit,
vous découvrira mieux mes intentions. « Nous avouons, dit-
» il, que les Catholiques sont les
» freres des Presbitériens. Quel-
» ques peuples, que nous n'ap-
» prouvons pas à la vérité, vou-
» draient que nous les regardas-
» sions comme nos freres, par-
» ceque nous différons tous les
» deux de l'Eglise réformée, &
» que nous nous unissons tous les
» deux pour abolir l'acte sacra-
» mental. Par-là nous nous som-
» mes rendus incapables de rem-
» plir les emplois civils & mi-
» litaires. Quoiqu'il en soit, nous
» ne devons pas paraître étonnés
» de la familiarité hardie de ces
» schismatiques, qui donnent le

N v

» nom de freres aux membres de
» l'Eglife réformée. Il eſt vrai
» que dans toutes les ſectes, ex-
» cepté dans la Catholique & par-
» mi les Kakers peu ſoumis, on
» ſe regarde à peu près comme
» freres ». Vous aurez de la peine à croire comment les Non-
conformiſtes oſent ſe dire freres
des Proteſtans. Car lorſque toutes les ſectes s'unirent contre
l'Eglife, le Roi & la Nobleſſe
travaillerent de concert pendant
vingt-années à balotter l'Eglife. Il
eſt vrai que, ſuivant l'expreſſion
de l'Écriture, nous ſommes tous
freres ; mais tandis que dans les
trois Royaumes on était acharné
à renverſer les temples ſacrés, &
à mettre en cendres les palais des
Rois, alors, bien loin que les
vainqueurs comptaſſent les vaincus au nombre de leurs freres,
ils porterent ſans pitié le fer &

le feu fur le trifte refte échappé
à leur barbarie, & chargerent de
chaînes leurs malheureux adver-
faires reftés fans défenfe. Le Docteur Swift a répandu dans cet
ouvrage les traits les plus fins &
les plus fatiriques; il le finit avec
précipitation, en bravant hardiment, toutes les critiques.

Les deux autres écrits touchant
les droits fur le lin, &c. font
directement contre le Clergé d'Irlande. Mais, je vous le répéte,
ces trois traités font d'un ftile
mâle & vigoureux, & refpirent
la même liberté qui régne dans
fes ouvrages politiques.

Le refte de ce volume eft femblable à un jardin couvert d'o-
zeille & de chardons, parmi lefquels on découvre par hafard
quelques rofes fleuries. Le tems
où la main habile d'un Editeur
arrachera ces ronces & ces épi-

N vj

nes; mais l'éclat & la beauté des
roses brilleront toujours dans ses
discours moraux , qui par bien
des raisons n'auraient pas convenu ailleurs. Le stile en est vif &
négligé. Ce sont des enfans échap-
pés au génie plutôt qu'au goût.

Swift faisait si peu de cas de
ses ouvrages, que, quelques années avant sa mort, il en donna
la collection à Sheridan avec
beaucoup d'indifférence. *Voici,*
lui dit-il, *un ramas de mes vieux
sermons ; je vous les donne , si
vous les voulez ; ils pourront
peut-être un jour vous être plus
utiles qu'à moi.* Ce recueil contenait environ 35 sermons ou
discours moraux , dont trois ou
quatre ont seulement vu le jour.

Le premier roule sur la dépen-
dance mutuelle, & sur le devoir
reciproque des hommes. Le stile
de ce discours est d'une grande

clarté, & bien digne de la chaire.
Chaque paragraphe est simple,
sentencieux & clair ; tout y est
bien lié, & conforme aux régles
de l'art. Mais dans les endroits,
où le Docteur a pu trouver la
moindre occasion de placer des
maximes de politique, & de lancer des traits sur la conduite des
Princes, il n'a jamais manqué de
s'exprimer librement sur ces sortes de sujets. Vous en jugerez
vous-même par les traits suivans.

« Tout sage, dit Swift, qui re-
» fuse ses conseils, tout grand
» qui ne protége point les arts &
» les talens, tout riche qui n'est
» pas charitable & libéral, tout
» pauvre qui fuit le travail, font
» des membres inutiles & dange-
» reux à la société.

» Dieu voit du même œil le
» grand & le petit, & il compte
» pour rien la fastueuse appa-

» rence des riches. Car cet Etre
» suprême s'eft propofé de ren-
» dre tous les hommes heureux.
» Pour cet effet, il les a placés
» dans des états différens, afin
» qu'ils puffent tous concourir à
» leur bonheur. Les Princes qu'en-
» cenfe le vulgaire, font hommes
» comme nous; & fouvent une
» molle éducation les rend plus
» vils & plus vicieux que le der-
» nier de leurs fujets. Le devoir
» d'un Roi, felon les fages, eft
» d'être, non le pere, l'ami, &
» le défenfeur de fon peuple en
» général, mais le bienfaiteur de
» chaque fujet en particulier.

Le paffage qui m'a paru le
mieux ménagé, eft celui dans
lequel il couvre d'un voile ingénieux la fatire qu'il fait du haut
Clergé. Il s'exprime à peu près
ainfi. « Les biens de cette vie
» ne font pas diftribués avec une

» égale proportion : l'Eternel , le
» Roi des Rois , n'eſt pas mieux
» ſervi que ces Dieux de la terre ,
» dont les intentions ſont pures ,
» mais ſouvent mal ſecondées par
» des Miniſtres infidéles , qui
» abuſent ſans ſcrupule du pou-
» voir qui leur eſt confié ». Ce
paſſage , tout obſcur qu'il puiſſe
vous paraître , n'a pas beſoin d'autre explication. Les bons Ecrivains répandent avec facilité leurs
lumieres , & le Philoſophe l'emporte toujours ſur le ſombre Théologien. Si les conſeils d'un tel
homme étaient capables de nous
faire abandonner la chaire pour
le barreau , quelle réputation
Swift ne ſe ferait-il pas acquis à
Rome & à Athènes !

L'eſſai moral qui ſuit immédiatement , eſt ſur la liberté de
conſcience. Swift y fait entrer
des réflexions hardies & très-

vraies , sur les fausses idées d'honneur qui dominent aujourd'hui
dans le monde. Je suis persuadé
que ce passage , bien loin de vous
ennuyer , vous amusera beaucoup.

« Au lieu de la route connue
» qui conduit à la vertu , quelques
» hommes suivent un faux prin-
» cipe qu'ils appellent honneur.
» Ce fantome invisible , & tou-
» jours nommé *l'arbitre des dif-
» férends* , leur sert de prétexte
» pour toute sorte d'action. Le
» vulgaire pense qu'un homme
» qui se pare du nom d'honneur ,
» ne commet jamais aucune ac-
» tion basse. Il est sans cesse dans
» la bouche du militaire , & sur-
» tout dans celle des personnes
» follement étourdies de leur
» naissance. En effet ce spectre
» ambulant qu'on appelle *hon-
» neur* , a été regardé par nos

» peres comme la récompenfe de
» la vertu. Mais fi ce qu'on en-
» tend de nos jours par honneur,
» empêche de commettre des ac-
» tions baffes, on doit avouer
» qu'il y a très-peu d'hommes ca-
» pables de pareilles baffeffes.
» Tous ceux qui en font infa-
» tués fe croient-ils obligés d'être
» chaftes, modérés, de payer leurs
» dettes, d'être utiles à leur pa-
» trie, & affables à tout le mon-
» de, de travailler à s'inftruire,
» de regarder leur parole & leur
» ferment comme une loi invio-
» lable? Si ces hommes ont par
» hafard quelques-unes des ces
» aimables qualités, ce n'eft pas
» par les principes de l'honneur
» qu'il les confervent. Car dans
» le vrai fens du mot, l'honneur
» ne confifte qu'en deux précep-
» tes bien différens de ceux d'au-
» jourd'hui, qui font de payer

» exactement les dettes contra-
» ctées au jeu, & l'art abomina-
» ble de laver dans le sang de
» son ennemi l'affront qu'on croit
» avoir reçu.

Le troisiéme discours sur le
mistere de la Trinité, est un des
meilleurs dans ce genre. Il semble que le Docteur Swift n'a pas
traité un si beau sujet sans le secours d'une main étrangere, &
qu'il a été aidé soit dans le choix
des matériaux, soit dans la con-
struction de l'édifice. On voit cependant qu'il y a mis la derniere
main. Les matieres répondent
dignement au sujet, & la réputation de l'architecte ira à la postérité la plus reculée. Les mi-
steres de notre religion sont propres à faire de terribles effets sur
les esprits faibles qui veulent les
approfondir. En général les commentaires qu'on fait sur les saintes

Ecritures & les fermons les plus
favans, font toujours enveloppés
dans un ftile obfcur. La damna-
tion éternelle, cet horrible châ-
timent, nous effraie & nous jette
dans de terribles allarmes. Nos
efprits, nourris dans la crainte
d'un fupplice éternel, tremblent
de déchirer le bandeau qui leur
couvre ce grand miftere. Swift,
après avoir pofé les principes les
plus fûrs & les plus convenables
pour l'expofition de nos mifteres,
avance enfuite les propofitions
les plus hardies que l'on puiffe
faire, fur un fujet auffi incompréhenfible. Il nous affermit dans
la foi; il foutient notre doctrine, & il approfondit les mifteres autant qu'il eft poffible aux
lumieres des hommes. Tout ce
qu'il dit là-deffus, part d'un homme éclairé & profond, fur-tout
dans l'endroit où il s'explique

ainsi : « Il est très-certain que
» s'il plaisait à Dieu de nous ré-
» véler le grand mistere de la
» Trinité, nous ne serions pas
» capables de le comprendre; à
» moins qu'il ne plût à sa bonté
» divine de répandre sur nous
» quelques rayons de sa lumiere,
» réservés sans doute pour le
» grand jour du jugement.

Je crains à la fin de vous fatiguer par tant de citations. La
plupart sont néanmoins souvent
les explications les plus claires,
qui puissent utilement nous instruire & nous faire entrer dans
les vues de l'Auteur. Je veux
dire par-là que l'esprit original
est quelquefois si délié, qu'il ne
peut souffrir aucune transfusion.
Dans les compositions des hommes ordinaires, l'esprit qui y est
répandu peut être extrait, & les
parties les plus subtiles peuvent

être diftillées. Mais les difcours moraux de *Swift* femblent être paffés au creufet & d'une nature fi fubtile, que j'avais réfolu de vous envoyer autant d'efprit éterré, que la pofte pouvait vous en porter furement.

Je ne ferai point de remarques fur le quatriéme difcours, parcequ'il eft très-évident qu'il n'eft pas de la main de *Swift*. Mais je paffais fous filence deux poëmes d'une grande beauté & pleins de feu, qui font avant ce difcours. Dans le premier publié furtivement, & peu conforme aux régles de la poëfie, l'Auteur a franchi les bornes ordinaires. Il fe promettait par-là qu'on ne regarderait point ce poëme comme venant de lui, mais comme une imitation du fien; & il s'applaudiffait ainfi d'induire le public en erreur : fes efpérances en effet n'ont point été vaines.

Une des régles de la poëſie qu'il obſervait ſcrupuleuſement, était d'éviter les *Triples*. Il eſt aſſez difficile de connaître ce qui peut avoir fait naître ce genre. Il me paraît ne provenir que d'une façon de penſer ſinguliere. Suivant les raiſons qu'il en apporte, les Triples ne doivent être attribués qu'à la licence que ſe donnent les Poëtes d'écrire de cette façon ; uſage introduit par la pareſſe, ſuivi par l'ignorance, & adopté par le mauvais goût. Mais, n'en déplaiſe à la critique toujours attentive à reléver les fautes, cette maniere a quelquefois réuſſi, & a fait même de grands progrès. Dryden abonde en Triples ; & dans pluſieurs de ſes meilleures poëſies, le troiſiéme vers qui renferme la penſée, fait le plus joli effet de toute la

pièce. Waller , le pere de tous
les bons Poëtes , a toujours réservé la pointe pour le troisiéme
vers. Appuyés de l'expérience ,
examinons si ces Triples , tout
inépuisables qu'ils paraissent , ne
produisent pas plus de beautés dans les vers , que lorsqu'ils
sont gênés par la difficulté de la
rime , l'une des plus grandes de
la poësie Anglaise.

Le plus beau poëme que nous
ayons en nore langue , & celui qui
peut être mis en paralléle avec
l'Iliade , écrit en vers libres , semble être dégagé de ses fers.Puis-
qu'il est de notre destinée de porter de ces chaînes , tâchons de
les rendre legeres.

Le second poëme , intitulé ,
Vers sur la mort de Swift , &
qui a été occasionné par la lecture
d'une maxime de la Rochefou-
caut , est la plus mordante satire

qui fe foit jamais faite, & un
des plus ingénieux ouvrages du
Docteur Swift. Il contient un
adieu aux mufes, dicté par la rage
& par la colere. Les deux derniers vers péchent contre les régles de la grammaire; mais comme ils n'étaient pas dans la premiere édition de Londres, je ne
puis vous dire comment ils fe
font gliffés dans le poëme, qui
d'ailleurs eft un des plus brillans
morceaux du Doyen.

Les autres piéces de ce volume font indignes de la plume
de fon Auteur & de votre attention. Quelques-unes font obfcè-
nes, fans goût, & déplaifent généralement aux connaiffeurs. Elles me font fouvenir de cette
grande machine faite par M.
Winftanley, qui fourniffait tout
à la fois du thé, du caffé, du
chocolat, du vin de Champagne
& de la biere.   LETTRE

LETTRE XXIII.

NOus avons enfin parcou-
ru, mon fils, les œuvres
de *Swift*, imprimées chez Faul-
kner : il reste encore à vous parler
de trois piéces fort singulieres. La
premiere intitulée, *le conte du
tonneau* ; la seconde, *la guerre de
la bibliotheque de S. James*, & la
troisieme, *le fragment*, quoique
le Doyen les ait désavouées, *aut
erasmi sunt, aut diaboli*. Le
conte du tonneau a fait du bruit
dans le monde. C'est une des premieres productions du D. cteur,
& elle est telle, qu'elle n'a jamais
été surpassée par aucune plume
étrangere, ni par celle de son auteur. Peu de tems après il parut
des critiques sans nombre sur cette piece. Les mieux faites atta-

quaient vivement, & indécemment le caractere respectable de ce sage eccléfiastique ; certains esprits chagrins, par une pieté mal entenduë, se sont abandonnés de tout tems à l'abominable métier de médire. Est-il donc étonnant qu'un livre qui joint à la force d'un esprit mâle & vigoureux les graces de l'enjouement, qui tourne en ridicule les ministres imposteurs des saints autels, tirans des ames crédules & faibles, & qui terrasse la noire hypocrisie ; est-il, dis-je, étonnant qu'un pareil livre ait été malignement interprété & déchiré par quelques zoïles envieux qui l'ont toujours regardé comme une satire mordante contre eux.

L'humeur revéche du Docteur & sa causticité naturelle, l'ont exposé à des écarts surprenans ; cependant je regarderai toute ma

vie *le conte du tonneau* comme
un ouvrage nullement injurieux
au chriftianifme, mais comme
une fatire contre la cour de Rome, fur la réforme lente, imbécille & imparfaite du Luthéra-
nifme, & fur le faux zéle des Prefbitériens. Le portrait de *Pierre*
nous repréfente le pape affis fur
fon trône comme Jupiter parmi
les Dieux; celui de *Martin* repréfente Luther & les premiers ré-
formés, & celui de *Jacques*,
Jean Calvin & fes difciples.

Dans le portrait de Pierre, on
voit un ambitieux ennivré d'orgueil, un tiran audacieux, aguerri dans le vice & nourri de fauffes
maximes. Ses paffions font peintes
avec les plus noires couleurs, &
nous font bien connaître les vûes
politiques, les menées & les four-
des intrigues de la cour de Rome,
telles que les pardons & indulgen-

ces vendus à vil prix & ces monſtres épouvantables nés dans le ſan-
ctuaire de la religion, appellés vul-
gairement bulles (1) pontificales ,
qui ſelon notre ingénieux auteur
tirent leur origine des Sphins de,
Colchos décrits par Ovide ; (2)
leur face hideuſe inſpirait la ter-
reur, elles avaient les cornes en-
chaſſées dans le fer , elles frap-
paient la terre avec leurs pieds &
faiſaient retentir le lieu de leur
mugiſſement , & le rempliſſaient
d'une épaiſſe fumée. Le tems qui
détruit tout en éclairant les hommes , a rendu moins redoutables
les bulles émanées du Vatican ,
maintenant ſans force , & quoi-

(1 (Bulle en Anglais ſignifie taureau,
(2) *Terribilis vultus præfixaque cornua*
ferro ;
Pulvereumque ſolum pede pulſavere biſulço ,
Fumificiſque locum mugitibus implevere.
Ovid, Métamorph. l. 7.

que ces pontifes ayent confervés
foigneufement la fiere liberté de
lancer leurs foudres impuiffans
dont le bruit n'effraye plus même
les ames timides. Ces paffages &
plufieurs autres ont été mal in-
terprétés & regardés comme in-
fultans à la cour de Rome, lorfque dans une fatire mordante on
attaque fans ménagement un premier miniftre & fes favoris ; ces
coups envenimés excitent la jaloufie & animent les courtifans à
rendre la chofe plus atroce aux
yeux du prince en lui faifant voir
fon portrait.

Le peuple chez qui les chofes
hors de fa portée font toujours regardées avec mépris, s'allarma au
portrait de Jacques, quelque différence qu'il y ait du portrait de
Pierre à celui de Jacques. On répandit contre l'auteur qui gar-
doit *l'incognito*, les plus noires

calomnies , & l'on se servit des
voyes les plus basses pour essayer
de le perdre ; tantôt c'étoit l'ouvrage de *Swift*, tantôt celui de son
neveu ou de ses amis , & quelquefois l'ouvrage d'un inconnu.
Mais le triomphe de ses ennemis
ne fut pas long , le tems décou-
vrit la vérité aux yeux du public ,
& renversa ses adversaires jaloux
de sa gloire.

Les critiques des Martinistes ,
membres supposés de l'église Anglicane , étoient plus sincéres ; car
Martin est traité avec moins d'aigreur que les deux autres freres ,
& tout ce qui le regarde est si
court que je peux le transcrire ici.
» Luther & Calvin furent unani-
» mement les fauteurs de la réfor-
» mation. Martin commença le
» prémier l'ouvrage;il fit beaucoup
» de changemens à sa premiere

» opération , & se reposa ensuite
» quelque tems.

» Il savoit très-bien qu'il res-
» tait encore bien des choses à
» faire ; & malgré son goût pour
» la réforme , il l'acheva avec
» beaucoup de modération , par-
» ce qu'il avait déja essuyé de
» cruelles & de vives secousses
» de la part de ses sectaires in-
» violablement attachés à leurs
» dogmes. Aussi pour empêcher
» qu'ils ne tombassent dans des
» écarts , il se conforma de son
» mieux à tous leurs principes ;
» il eut recours à des hiéroglifes ,
» & à la superstition , manœuvre
» toute contraire aux loix du fon-
» dateur , mais qui ne subsista pas
» longtems par l'incertitude où il
» étoit , s'il feroit des régles en-
» core plus austéres , ou s'il les lais-
» serait telles qu'elles étaient ,
» afin de se mieux conformer à

„ l'objet de leur inſtitution.

Au reſte, toutes les intrigues
de Luther ne furent pas capables
de porter le trouble dans l'égliſe
réformée d'Angleterre ; les régles
que nous ſuivons à préſent ſont
plus conformes aux intentions du
légiſlateur. La meilleure apologie
que nous en ayons, eſt celle qui
fut faite par le Docteur même en
Juin 1709. Cette apologie parut
depuis imprimée en forme de préface à la tête de ſes ouvrages ; &
Swift avoue franchement qu'il y a
ſemé quelques traits vifs & piquans, que bien des perſonnes
ſages & ſenſées ont trouvé répréhenſibles. Mais il ajoute en même
tems qu'il conſent à perdre la vie,
ſi on trouve dans ſes écrits des maximes dangereuſes à la religion
& aux mœurs.

L'*Epître* à la poſtérité vous amuſera agréablement ; elle eſt pleine

de plaisanteries fines, qui tombent
sur les mauvais critiques, sur les
pesans commentateurs, & sur
toute leur misérable séquelle. Le
commencement de cette piéce
petille d'esprit & de vivacité ; le
Docteur n'a pas perdu la moindre
occasion de percer de traits les
plus satiriques le fécond *Dryden*,
& de tourner en ridicule les meilleurs poëtes Anglais.

Il y a grande apparence que
Dryden avait offensé le Doyen
en plusieurs occasions ; autrement
il eût excusé les fautes d'un homme persécuté, accablé de misere,
& entraîné par l'esprit de parti &
de religion.

Notre satirique qui a peint
quelquefois les défauts de certaines personnes avec des couleurs peu dignes d'un ecclésiastique, s'est plû dans cet ouvrage à jouer le pedantisme, &

O v

à ridiculiser l'affectation.

La guerre des livres dut sa naiſſance à une diſpute qui s'éleva
vers la fin du dernier ſiécle, entre
le chevalier Temple & M. Woo-
ton, & qui exerça la plume d'un
grand nombre d'écrivains.

Cet ouvrage ingénieux eſt écrit
dans un ſtile héroïcomique, le
Docteur Swift y donne la palme
au premier. Le plan en général en
eſt excellent, mais irrégulier en
quelques endroits ; il y a des
vuides qui interrompent ſouvent
la narration ; certains portraits
ſont trop ſerrés, & auraient dû
être plus étendus ; d'autres trop
étendus au contraire, auraient dû
être plus ſerrés.

A peine y parle-t-on d'Horace;
il ſemble qu'on n'ait introduit
Virgile que pour avoir occaſion
de faire les railleries les plus ſan-
glantes de Dryden. Cependant

les auteurs qui ont fait éclater leur
haine & leur mépris pour Dryden, n'ont pas connu le mérite
de cet aimable Poëte. La plûpart
de ses épîtres & de ses préfaces
sont des compositions aussi fines
& aussi parfaites que nous en
ayons en notre langue. Sa traduction de Virgile fut l'ouvrage pres-
sé d'un indigent ; il était capable
d'une telle entreprise , mais il
était pauvre , & il voulut être
auteur.

Puisque j'ai fait mention de Virgile , je veux essayer de le justifier
du reproche mal fondé qu'on lui
fait. On l'accuse d'avoir négligé
de parler d'Horace son ami , tandis qu'Horace au contraire exprime en plusieurs occasions son
goût & son amitié pour Virgile.
Pour moi je crois que le silence de
Virgile ne provient que de la perte
qu'on a faite de quelques écrits de

ce Poëte ; car j'ai peine à me per-
suader que l'auteur de l'Enéide
eût vécu si agréablement avec le
premier Lyrique de Rome , sans
lui donner quelque part dans ses
ouvrages.

Les écrits des Grecs & des Romains , sont remplis d'expressions caractéristiques , qui sont
comme le coin de leur siécle , &
la marque à laquelle on reconnoît
leur génie ; mais par la succession
des tems , ces expressions sont de-
venues obscures & presque intel-
ligibles pour nous , semblables au
Glicon qui a été long-tems regardé comme un gladiateur , jusqu'à ce qu'on ait découvert l'inscription de la statue d'Hercule
Farnese , qui porte le nom de ce
fameux sculpteur. Ainsi plusieurs
endroits des ouvrages de Pope ,
qu'on entend sans peine à présent , ne seront plus entendus un

jour, & l'on ignorera peut-être fi ce grand homme a vécu à Tvit-nan, ou s'il a été l'aigle de l'Angleterre.

Virgile a célébré dans ses éclogues, Pollion, Varron & Gallus : il a dédié ses Géorgiques à Mecéne ; mais dans son Énéide il a gardé un profond filence fur fes contemporains, & s'il en a fait mention, ce n'a été que fous des noms fabuleux, noms peut-être qui lui ont fervi d'occafions pour nous faire des riantes peintures ; c'est pour cela que tant de commentateurs fe font épuifés en cherchant à nous démafquer les divers perfonnages de l'Enéide. Mais tout ce qu'ils ont écrit fur cela ne nous apprend rien.

Le favant prélat *Atterburi*, Ecrivain auffi clair & auffi délicat que critique habile, a très-bien expliqué le paffage qui regarde *Iapis*, en lui appliquant le caractere d'*Antoine Musa*, célébre Médecin de Rome, qui était aussi savant que poli, & le *Barri* de nos jours.

Encouragé par son exemple, j'ai cru démêler les traits d'Horace dans ce portrait du neuviéme livre de l'Enéide : *Et Creteus, l'ami des Muses, Créteus le compagnon des neuf Cœurs, dont le plus doux plaisir était de faire des vers, & de toucher la lyre. Toujours il chantait les combats, &c.* (1).

Horace fait mention de Tiridate dans une de ses Odes, qui me paraît avoir été faite du tems

___

(1) . . . *Et amicum Cretea Musis.*
Cretea Musarum comitem, cui carmina sem-
per,
Et citharæ cordi, numerosque intendere nervis:
Semper equos, atque arma virûm, pugnasque
canebat.

du feptiéme livre de l'Enéïde, &
qui a un rapport frappant avec
l'endroit de l'Enéïde : *Je fuis
trop ami des Mufes pour me li-
vrer à la triftefſe, & pour fuc-
comber à la crainte. Puiſſent l'u-
ne & l'autre au gré des vents,
être enſévelies dans la mer de
Créte* (1).

Ces mots, *Mufis amicus*,
étaient, felon les apparences, la
devife d'Horace. Un fi beau nom
pouvait bien lui avoir infpiré cette noble majefté qui éclate dans
fes Odes, & l'avoir aguerri contre les noirs chagrins, qu'il noyait
dans la mer de Créte avant de
prendre fa lyre. Tibule & Ana-
créon ont à peu près la même
penfée ; mais Horace a toujours

(1) *Mufis amicus, triftitiam & metus*
Tradam protervis in mare Creticum
Portare ventis.

Od. 26. 1. 1.

choisi expressément la mer de
Créte pour ensévelir ses chagrins.
Or cette circonstance peut l'a-
voir fait appeller par Virgile *Créteus*, òu le *Crétois*; & ce nom
est répété par ce Poëte avec trop
de complaisance, pour avoir été
mis au hasard.

Les talens lyriques d'Horace
sont assez clairement désignés par
ce vers :

Et citharæ cordi, numerofque intendere nervis.

Monsieur Dacier, dans sa longue préface sur Horace, donne
l'histoire des progrès & de la décadence de la poësie lyrique. Il
dit que, depuis la fondation de
Rome jusqu'au régne d'Auguste,
espace d'environ 700 ans, on n'a-
vait vu paraître aucun Poëte lyrique. Horace fut le premier Romain qui, avec un génie supé-
rieur & un goût naturel pour

l'harmonie , après s'être formé
fur les Grecs , devint le meilleur
Poëte du fiécle d'Augufte.

Il ne me refte plus qu'à juftifier l'application du dernier vers,
qui femble d'abord ne pas trop
convenir à Horace :

*Semper equos ; atque arma virûm , pugnafque
canebat.*

Horace, dans plufieurs de fes
Odes , exerce fa verve fur la guerre : c'eft fur ce fujet que roule
l'Ode faite après la bataille d'A-
ctium (1) ; tems mémorable , où
le Sénat de Rome fit chanter publiquement des himnes en l'honneur de l'Empereur.

Les victoires remportées fur
les Bretons & les Médes , font
la matiere de l'Ode terrible &
fublime , qui commence ainfi :

(1) Od. xxxvii. l. 1.

Cœlo tonantem credidimus Jovem
Regnare, &c. (1)

Celle qui eſt adreſſée à Aſinius
Pollion, reſpire auſſi la guerre &
le carnage (2).

On entend déja le ſon perçant
des trompettes , & le bruit des
clairons. Déja l'éclat des armes ,
dont les chevaux ſont effrayés
& les ſoldats éblouis , les met en
fuite (3).

Le Pere Sanadon a dit avec
raiſon que cette Stance & les ſui-
vantes ſont écrites avec toute la
force , dont la Poëſie lyrique peut
être capable , & qu'elle ne va
point au-delà.

(1) Od. v. l. 3.
(2) Od. 1. l. 2.
(3) *Jam nunc minaci murmure cornuum*
Perſtringis aures : jam lituiſtrepunt :
  Jam fulgor armorum fugaces
  Terret equos , equitumque vultus.
                Od. 1. l. 2.

Il eſt certain qu'Horace eſt un grand maître pour emboucher la trompette, & pour faire éclater le ſon aigû des clairons : on retrouve aiſément dans ſes Odes le hanniſſement des chevaux, le bruit des armes, les héros & les combats :

Equos, atque arma virûm, pugnaſque.

Malgré cette grande diſpoſition pour le ſtile héroïque, il aima mieux faire de longs Poëmes que des Odes. A la tête de celle que je viens de citer, il conſeille à Aſinius Pollion d'abandonner le tragique ; & plus bas il le preſſe de faire un Poëme ſur les guerres civiles entre Antoine & Octave. Enſuite il lui fait voir le danger que l'on court à traiter un pareil ſujet. *Vous entreprenez*, dit-il, *un ouvrage qui vous offre des difficultés à vaincre, &*

vous marchez sur un feu que ca-
che une cendre trompeuse (1).

Ainsi pendant qu'il faisait appercevoir la difficulté de réuſſir
dans ce genre, il laiſſe entendre
qu'il eſt ſupérieur à ce travail.

Horace, qui était un des favoris d'Auguſte , ne parle pas
avantageuſement de ſon maître,
au ſujet d'une guerre qui n'avait
pas été heureuſe à cet Empereur,
& dans laquelle ſa valeur n'avait
pas beaucoup éclaté. Qui pourrait croire que ce Poëte eût été
capable de tant de hardieſſe ? Je
préſume qu'on peut en voir la
raiſon dans ces vers adreſſés à
Mécène : *Vous , Mécène, qui*
avez ſuivi Céſar dans les com-
bats , vous ſaurez mieux nous

(1) *Periculoſæ plenum opus áleæ ,*
Tractas , & incedis per ignes
Suppoſitos cineri doloſo.

                                    Ibid.

les raconter (1).

Dans un autre endroit le même Poëte dit avec plus de mo-
deſtie que de juſtice : *Je voudrais bien chanter les combats ;
mais les forces me manquent :
car il n'eſt pas donné à tout le
monde de décrire les armées hé-
riſſées de piques , un champ de
bataille couvert des débris ſan-
glans , ſoit des Gaulois , ſoit des
Parthes* (2).

Ces vers ſont ſi harmonieux,
qu'ils prouvent le talent dont
Horace ſemble ſe défendre. Il

(1) . . . *Tuque pedes tribus
Dices hiſtoriis prælia Cæſaris ,
Mæcenas , melius.*

　　　　　　　　　Od. XII. l. 2.

(2) . . . *Cupidum , pater optime , vires
Deficiunt ; neque enim quivis horrentia pilis
Agmina , neque fracta pereuntes cuſpide Gal-
　　los ,
Aut labentis equo deſcribat vulnera Parthi.*

　　　　　　　　Sat. 1. l. 2.

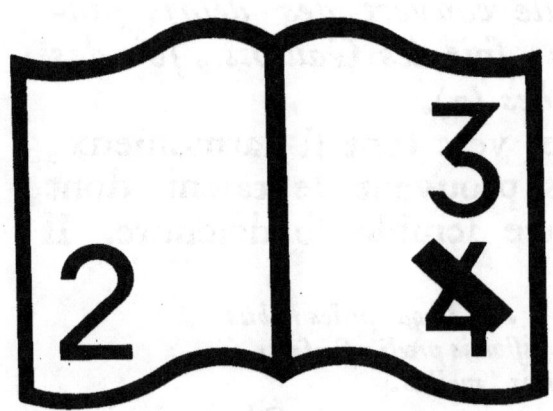

Pagination incorrecte — date incorrecte

NF Z 43-120-12

eſt certain que pendant pluſieurs
années Virgile ne mit ſes productions au jour, que pour exciter
Horace à entrependre quelque
Poëme pareil au ſien. Au reſte
l'Auteur de l'Enéïde peut avoir
peint Horace ſous le nom de
Créteus, non à cauſe des Odes
qu'il avait déja faites, mais par
des vues particulieres que nous
ignorerons long-tems.

Je ſoumets à votre jugement
toutes mes penſées; ſi elles ne
ſont pas juſtes, elles ſont au
moins priſes dans le vrai. Je laiſſe
à de meilleurs critiques le ſoin
d'éclaircir tous ces doutes; & j'a-
bandonne les guerres civiles d'I-
talie, pour revenir à celle de la
bibliotheque de S. James.

Les deux héros modernes,
peints par Swift avec les plus noires couleurs, ſont MM. Wootton & Bentley. Le premier était

un homme plein d'aigreur & d'un
efprit lourd : le fecond était d'u-
ne hauteur infupportable, & libéral fans bien. Je ne veux pas
vous en dire davantage, pour ne
pas diminuer le plaifir que vous
aurez à la lecture de ce petit ouvrage ; vous le defirerez fans doute un peu plus long & mieux travaillé.

La difpute qui s'éleva fur les
anciens avec beaucoup de chaleur & très-peu de fruit, fans
avoir jamais été décidée, finit
en terraffant Bentley & fon ami
Wootton. Le dernier mourut de
la main de votre grand-pere ; &
Boyle dit que *couvert d'une cotte*
d'arme, qui était un préfent des
Dieux, il s'avança fur l'enne-
mi, qui, tremblant de peur, prit
la fuite. Je ne m'arrêterai pas à
l'armure ; mais jufqu'ici les Dieux
ne l'ont donnée qu'aux héros,

dont le courage & la valeur guerriere les avait diftingués du refte des hommes. Tout jeune qu'était alors votre grand-pere, il fervait auffi bien Mars que Minerve; & il a confervé toute la dignité de fon caractere juf-qu'au dernier inftant de fa vie. Dans plufieurs occafions il dé-ploya fes talens d'une façon fi noble & fi aifée, qu'il fit bien connaître qu'il favait combattre fans l'armure & fans aucun fe-cours étranger. De tels ornemens étaient inutiles à fa valeur, & fes grandes actions feront à ja-mais gravées au temple de mé-moire.

Avant que de quitter ce fujet, je dois vous faire un aveu. Je devins, fans le mériter, l'objet du courroux de mon pere. Le ca-price le fit naître, la paffion l'en-flamma ; & je me rappelle en-core

core les impreſſions que ce changement fit en moi. Mais bientô:
il me rendit ſa tendreſſe; & ce
retour qui fut ſincere, arracha
le trait qui déchirait mon cœur.
Il fit plus, il m'arroſa de ſes larmes; je ne ſais pas même ſi ſes
ſanglots en étouffant ſa voix,
n'abrégerent pas ſes jours. Mais
tout à coup la mort le ſurprit;
& dans ce fatal moment, je n'é-
prouvai que les premiers effets
de ſa tendreſſe. Je ne voulais
plus ſurvivre à cette perte; mes
regrets étaient continuels; mes
plaintes éclataient par-tout; j'ir-
ritai le deſtin par mes murmu-
res: mais la voix de l'Eternel ſe
fit entendre: je me tus; & mon
ſilence plut au ciel. O manes
chéries, manes ſacrées que je ré-
vere, pouvais-je vous offrir un
hommage plus digne de vous,
que le ſouvenir de vos vertus!

P

O, mon fils, combien de fois ai-je envié le bonheur d'Enée, lorsqu'il entendit Anchise s'écrier : *C'est ainsi que je le pensais ; & en calculant les siécles, j'étais comme assuré que cela arriverait ; & mon espérance n'est pas trompée* (1). La nature, mes sentimens, mon devoir & votre amitié pour moi, mon fils, tout m'excite à rendre à sa mémoire l'hommage éternel de ma vive reconnaissance.

Le traité *sur les opérations méchaniques de l'esprit*, est une satire contre l'entousiasme & les écarts de l'imagination. L'Auteur a répandu dans cet écrit des traits trop piquans. La plupart

_____

(1). *Sic equidem ducebam animo, rebarque futurum,*
Tempora dinumerans ; nec me mea cura fefellit.

Æneïd. l. 6.

de ces principes font contraires aux bonnes mœurs, & refpirent le libertinage. Cette piéce n'approche pas du Conte du Tonneau, ni de la guerre des livres. En général je n'approuve point tous les endroits de fes ouvrages, où il effaie de nous rendre atrabilaires, incommodes à nousmêmes, & mécontens de notre être.

Orreri.

LETTRE XXIV.

PArmi les manufcrits que Swift nous a laiffés, il ne s'en eft trouvé qu'un intéreffant fur la paix d'Utrecht ; il a pour titre : *Hiftoire d s quatre dernieres années de la Reine Anne.* Le nom d'Hiftoire eft

P ij

un titre trop pompeux pour un
tel ouvrage; dont le ftile n'a pas
affez de nobleffe, de dignité
& de clarté. Mais en le regardant comme une piéce fugitive,
c'eft fans contredit la meilleure
défenfe du Comte d'Oxford, &
le detail le plus curieux qui ait
paru de nos jours.

Le Docteur, bon menager de
fon tems, confacrait fon loifir
à écrire l'hiftoire d'Angleterre;
il avait commencé cet ouvrage
à Guillaume le conquerant, &
il en avait fait déja deux ou trois
regnes, lorfqu'il ceffa tout-à-
coup par le mépris que lui infpira
le gouvernement de nos anciens
Rois. En effet, dans le cours de
vos lectures, vous trouverez très-
peu de Princes que la vertu &
la valeur ayent appellé au Trône,
ou qui ayent merité de porter
la Couronne. Vous verrez qu'ils

manquerent d'habileté & de forces pour nous foumetrre au gouvernement monarchique , & que
la nation s'y eft toujours oppo-
fée, même fous le meilleur de
nos Rois.

Si nous confidérons à préfent
avec équité notre Reine Elifa-
beth, qu'on nous vante tant, nous
verrons qu'en bien des occafions
elle tirannifa le peuple; mais
avec une grandeur mêlée d'a-
dreffe. Elle connut le véritable
intérêt de la nation : mais elle
le foûtint d'une maniere trop
arbitraire.

Le peu de merite de fon fuc-
ceffeur rehauffa fa gloire : mais
fa mauvaife conduite entraîna
ce torrent de calamités qui dé-
trôna fon fils , & qui accabla de
maux les trois Royaumes. Si vous
me demandez quels furent les
fruits de la paix : de nouveaux

défordres remplacerent les premiers. La jaloufie fema la difcorde entre le Général Monmoult, le Duc de York & tous les Miniftres de l'Etat. Dans cette trifte pofition on immola fans remords une victime inocente. Un Souverain legitime fit une baffe foumiffion à un Royaume voifin, qu'on vit trembler peu de tems après au moindre mouvement d'un ufurpateur. A ces tems malheureux fuccederent les pieufes imbécilités & les foibles entreprifes de Jacques II. fource funefte de la revolution. Je n'ofe vous en dire davantage, détournons nos yeux des maux de la patrie, & examinons en paffant la conduite des autres nations. Si nous portons nos regards vers l'ancienne Rome, & vers le tems des fept premiers Souverains, combien

ne trouverons - nous pas de me-
chanceté dans leur caractere ;
tems malheureux où le nom de
Souverain fut changé en celui
d'Empereur. La dure tyrannie
des Cefars doit effrayer à jamais
la poſterité. Ces monſtres ont
cependant regné fur l'univers.
Si nous ouvrons les livres Saints,
& ſi nous remontons juſqu'aux
regnes des Rois de Juda, nous
compterons parmi eux des Princes
orgueilleux & méchans. Heureu-
ſement la conſtitution de l'Angleterre nous met à l'abri des
Tyrans.

Le ſyſtême de notre gouvernement peut néanmoins être facilement renverſé ; mais tant
qu'on travaillera à le perfectionner & à l'affermir : il ſera, ſelon
moi , le meilleur de tous. Au
reſte nos Rois ont été ſouvent
bien moins blâmables que leurs

fujets : & vous vous fouvenez
fans doute de l'exclamation d'un
Ecoffais en voyanr les idolâtries
que le peuple faifait à l'avene-
ment de Jacques I. *Eh jufte ciel,*
dit-il, *je crois que ces imbeciles*
gateront notre bon Roi ! L'Ecoffais avait raifon de s'écrier ainfi;
mais nous avons malheureufement continué d'avoir ces faibleffes pour Jacques & pour fes
fucceffeurs. Nos flateries font
toujours dangereufes, parce que
nous ne favons pas y mettre des
bornes. Il faudrait que l'idole que
nous encenfons fûr une divinité,
pour n'être pas quelquefois aveu-
glée par l'excès de nos louanges.

Au commencement d'un regne
tout refpire la paix & le plaifir.
Mais rarement le foleil luit fans
nuages : les vapeurs de la jaloufie s'élevent de toutes parts, &
bientôt la region de la cour en

eſt entierement obſcurcie. La
haine allume dans tous les cœurs
le flambeau de la diſcorde, l'envie inquiete & farouche, l'ambition altiere & furieuſe agitent
les Miniſtres, déja prêts à tour-
menter leur Maître ſur le Trône.
Delirant Achivi, plectuntur Re-
ges. Les Rois ſont punis des fautes
des Grecs. Voilà les ſuites ne-
ceſſaires de la ſoif inſatiable de
la liberté : un peuple né libre
eſt jaloux de ſes droits : ainſi il
eſt du devoir d'un Roi ſage de
les lui conſerver, par cette conduite il affermira les ſiens ; mais
par malheur nos premiers Princes n'ont penſé qu'à rendre leurs
noms celebres, & n'ont jamais
rempli les vrais devoirs d'un Souverain. Un Prince qui eſt aſſez
malheureux pour deshonorer ainſi
ſon Etat, eſt indigne de porter
le nom d'homme. Ces ames

communes incapables de regner
tombent du Trône en aviliſſant
leur mémoire : & c'eſt le cas où
il faut ſe donner un maître. Nos
hiſtoriens ne nous fourniſſent
que trop d'exemples de cas pareils. Je vis éloigné du monde &
des cours, & il y a une ſi grande diſtance de leur ſphere à la
mienne que je ne ſai preſque
rien des affaires préſentes : c'eſt
pourquoi je compte ſeulement
vous inſtruire par mes lectures
& non par mon experience.

Si la fortune vous appelle auprès
du Trône, & ſi vous avez part
au miniſtere, faites-vous un devoir ſacré de votre emploi, ſoyez
fidéle à Dieu, à l'Etat & au Roi.
Commencez par dompter vos paſſions, devenez philoſophe, appli-
quez-vous à corriger les défauts
de votre maître; inſpirez-lui de
la vertu par votre exemple; con-

servez la paix entre le Roi & le
Parlement : mais respectez tous
ses droits, devenez le protecteur
de l'Angleterre, cooperez avec
le Souverain à faire le bonheur
de son peuple : sur-tout faites lui
craindre les écueils dangereux
de la basse flaterie; faites en sorte que le Roi emploie son loisir
à des exercices dignes de lui,
de crainte que les beautés de la
Cour ne le seduisent & ne l'éner-
vent. Oubliez vos parens & vos
amis pour les intérêts du Roi &
de l'Etat : méprisez les vains titres
que donne l'adulation, que votre
conscience soit votre juge, &
ne faites rien qui ne tende au
bien public. Souvenez-vous que
la Grande Bretagne est une île
fortunée, & que la nature en la
séparant du continent l'a rendue
fertile & redoutable. Conservez
sur-tout la marine, & opposez-

vous au grand nombre de troupes de terre, qui ne font que pour figurer & non pour combattre.

Un Roi qui jouit du bonheur ineftimable d'être aimé de fes peuples aura toujours affez de foldats pour le défendre ; il ne craindra ni les guerres inteftines, ni les efforts des Puiffances étrangeres. Sa politique habile pénétrera dans le fecret des Cours ; pour maintenir l'équilibre & la paix, il s'appliquera à difcerner parmi les Princes fes vrais amis d'avec fes ennemis. Il peuplera les Colonies Occidentales & il étendra les differentes branches du commerce qui doit être le principal objet de fes foins, & qu'il faut encourager dans les trois Royaumes.

Vous voyez, mon cher Hamilton, que je vous fuppofe un

genie superieur & docile. Je ne
souhaite pas que vous soyez jamais le conseiller d'un homme
qui voudroit être à la fois, Ami-
ral, Général, Chancelier, Archevêque, Tresorier & Législa-
teur; car un tel homme serait
un monstre pour la constitution
Anglicane.

Si vous separez des deux Cham-
bres du Parlement le Roi qui
doit en être le chef; le Gouvernement restera dans la forme
republicaine, où chaque particulier a sa voix, & contribue au
bien de l'Etat. Qu'est-ce qu'un
Roi? c'est le chef des Magistrats,
qui par les dignités, & les honneurs attachés au Trône, a droit
d'agir en maître dans toutes ses
actions, & de commander à ses
sujets. Mais il émane du Trône
des priviléges bien plus précieux:
tels sont la clemence & le pou-

voir de pardonner les crimes &
de recompenser les belles actions.

Le Roi laisse à des sujets in-
tégres le pouvoir affligeant &
penible de punir les coupables.
C'est par-là que les Rois se sont
cru l'image de la Divinité : mais
plût à Dieu qu'ils fussent toujours
les peres du peuple. Vous com-
prenez quelles seraient les suites
dangereuses de l'élevation d'un
homme qui partagerait la puis-
sance du Roi & celle du Peuple,
& combien la splendeur du
Trône, la gloire de son Maître
& le bonheur de l'Etat seraient
en danger. Sa place les forcerait
bientôt à agir despotiquement,
& alors il transgresserait les Loix.

Mais je devrais m'appercevoir
que j'ai franchi les bornes d'une
lettre, & que j'ai achevé mes
observations sur la vie & les ouvrages de Swift. Peu d'hommes

ont eu un caractere plus mêlé de défauts & de beautés ; peu d'hommes auffi ont été plus connus, plus admirés, plus enviés & plus cenfurés que le Docteur Swift. La nature lui fit part de fes dons, & l'humanité de fes défauts. Je l'ai toujours regardé comme l'abrégé de tout ce qui s'eft paffé dans le monde. Perfonne ne connut mieux que lui toutes les viffitudes de la fortune, & de la nature humaine. Il eut pour ami les plus grands hommes de fon fiécle. La lecture des fages de l'antiquité faifaient fes délices : & quoiqu'il ait affecté de ne pas paraître favant, & qu'en général il n'ait traité que des fujets tirés de fon propre fonds, on voit cependant par la force de fes écrits & par la pureté de fon ftile qu'il poffedait les Anciens.

Vous pouvez bien vous ima-
giner, mon fils, que mon deffein n'a pas été d'écrire feulement des mémoires, & que j'ai
eu d'autres intentions; le principal objet de mon travail a été
de vous former le cœur & l'efprit,
& voilà où tendent toutes mes
vues & tous mes foins; heureux
fi vous me rendez un jour le té-
moignage qu'Horace rendait à
fon pere. *Mon pere m'accoûtu-
ma*, dit-il, *par fes exemples à
fuir les vices qu'il me faifait remarquer.* (1) Ce font là tous les
vœux de votre pere.

ORRERI.

A Leicefter le 28. Août 1752.

(1) — *Infuevit pater optimus hoc me,
Ut fugerem, exemplis vitiorum quæque notando.*
Sat. IV. L. I.

FIN.

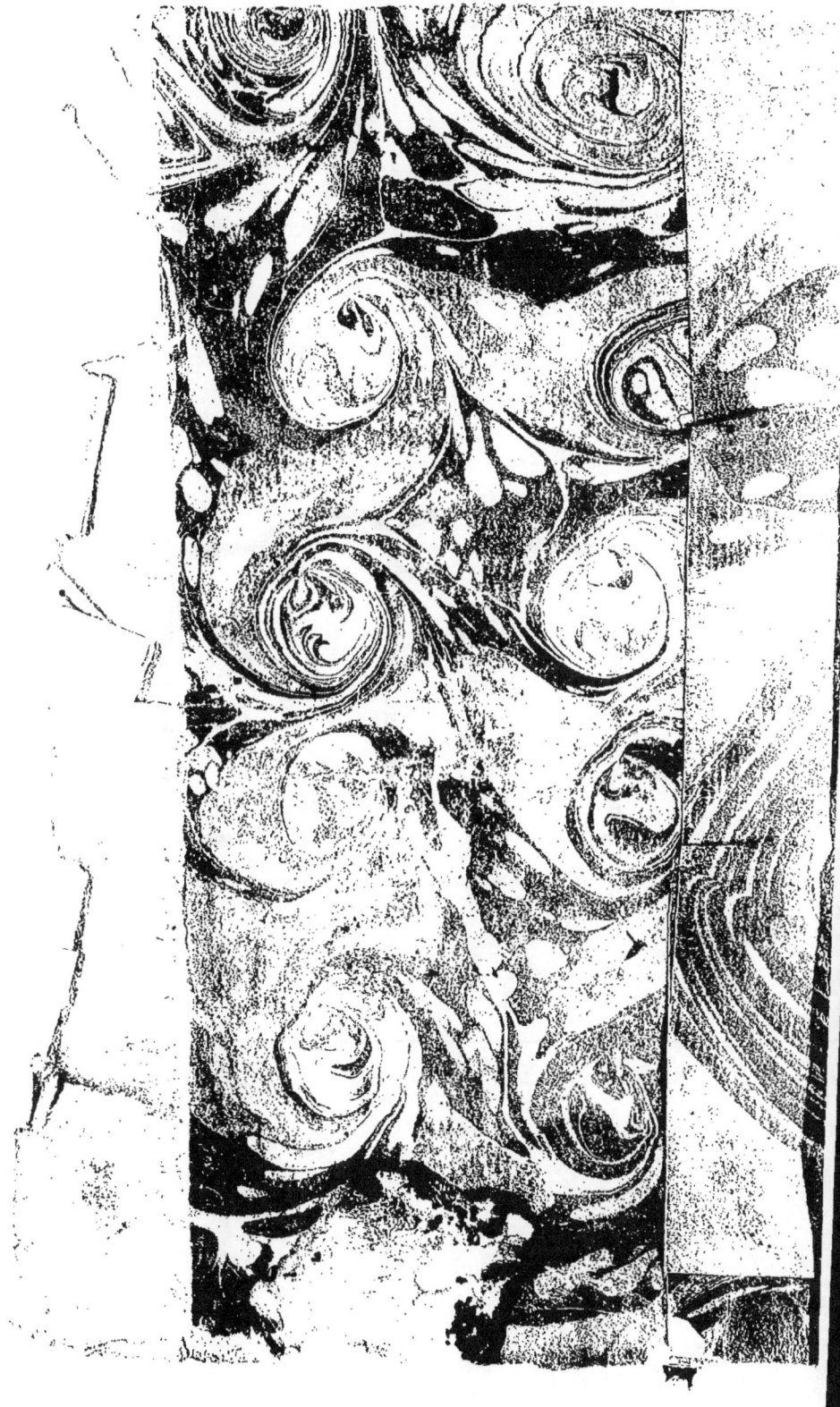

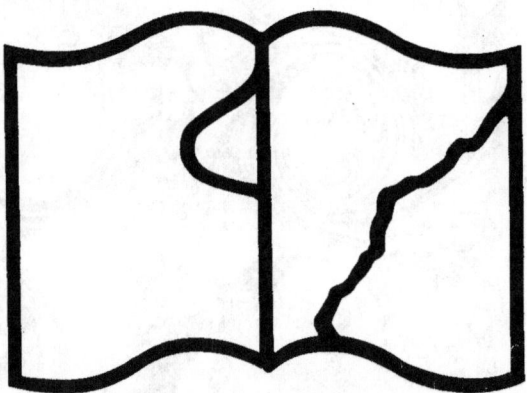

Texte détérioré — reliure défectueuse

NF Z 43-120-11

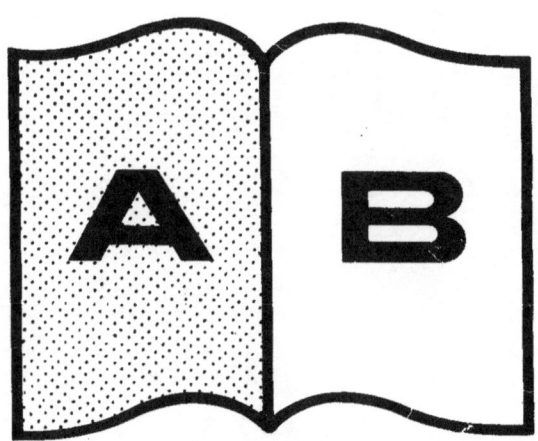

Contraste insuffisant

NF Z 43-120-14